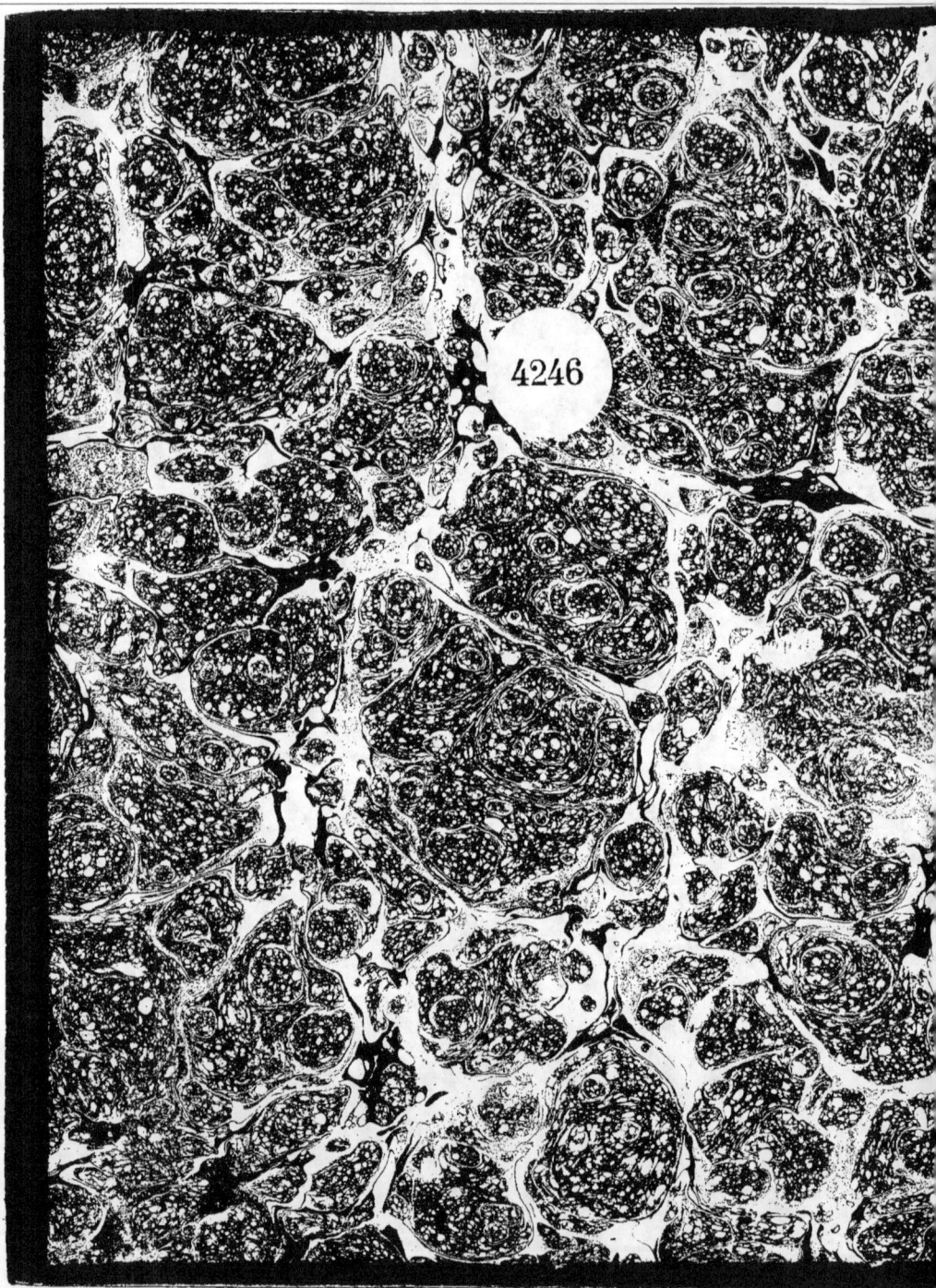

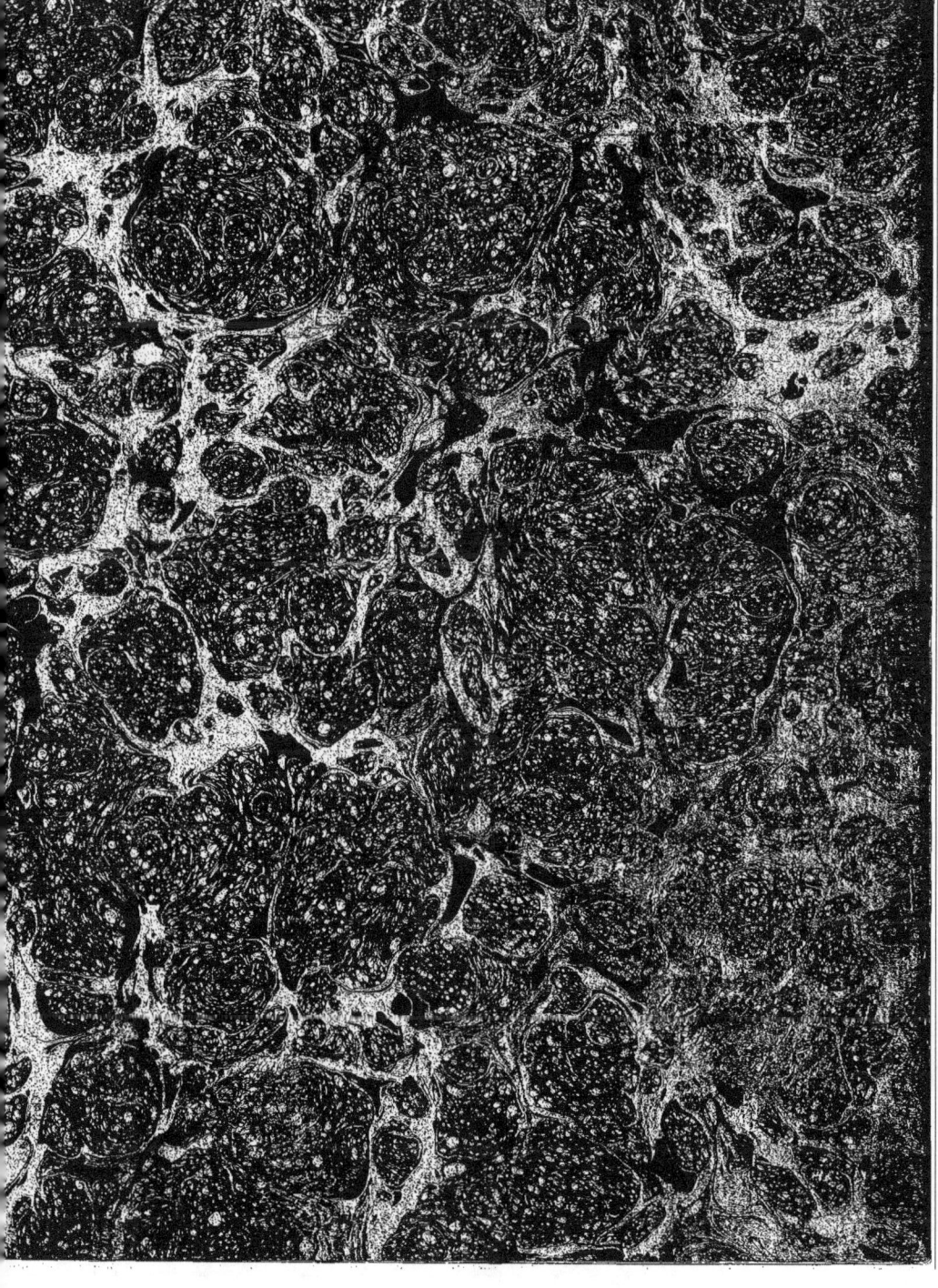

1e 24 juin

M. Barbier

23946. Portraits des personnes célèbres de la révolution, avec des notes, par QUÉNARD. *Paris*, 1796, 4 vol. in-4.

23947. Histoire générale des erreurs, des fautes et des crimes commis pendant la révolution, par Prudhomme. *Paris*, 1797, 6 vol. in-8.

— Histoire de l'origine, des progrès et de la décadence des diverses factions qui ont agité la France, depuis 1789 jusqu'à l'abdication de Napoléon, ouvrage posthume, par Jos. La Vallée, marquis de Bois-Robert. *Londres, Murray*, 1817, 3 vol. in-8.

23948. Fastes de la nation française, par TERNISIEN D'HAUDRICOURT. *Paris*, 1804, 2 vol. in-4. — Voir les nos 8720 et suivants.

23949. Esquisses historiques des principaux événements de la révolution..., par Dulaure. *Paris*, 1823, 6 vol. in-8.

— Commentarii della rivoluzione francese della congregazione delli stati generali, fino alla morte di Luigi XVI, da Lazzaro Papi. *Bastia*, 1836, 3 vol. in-8. — Detto dalla morte di Luigi XVI fino al ristabilimento de' Borboni, del medesimo. *Lucca*, 1830-31, 6 vol. in-8.

23950. Histoire de la révolution française, jusqu'au 18 brumaire, 12e édition, par M. THIERS. *Paris*, 10 vol. in-8. — Autre édition, 4 vol. gr. in-8.

23951. Histoire de la révolution française, depuis 1789 jusqu'en 1814, par F.-A. Mignet. *Paris*, 1833, 2 vol. in-8.

23952. Histoire de France depuis la fin du règne de Louis XVI jusqu'à l'année 1825, par l'abbé de MONTGAILLARD. *Paris*, 1832, 9 vol. in-8.

23953. Histoire de la révolution de France (jusqu'au 18 brumaire an VIII), par M. le vicomte Félix de Conny. *Paris*, 1838-1842, 8 vol. in-8., ou 14 vol. in-16.

— Geschichte der Revolutions zeit von 1789 bis 1795, von H. von Sybel; 2te Aufl. *Düsseldorf*, 1861, 3 vol. in-8.

— Mémoires sur la révolution de France, et recherches sur les causes qui ont amené la révolution de 1789, par le comte Viennot de Vaublanc. *Paris*, 1833, 4 vol. in-8.

— Histoire de la République et de l'Empire (1789-1815), avec des annales napoléoniennes après 1815, par Félix Wouters. *Bruxelles*, 1849, in-4. de 1002 pp. à 2 col.

— Histoire de la révolution française, par J. Michelet. *Paris, Chamerot*, 1853, 7 vol. in-8.

— Histoire de la révolution française, par L. Blanc. *Paris*, 1846-67, 12 vol. in-8.

— Histoire de la révolution et de l'empire, par Amédée Gabourd. *Paris, Lecoffre*, 1849-51, 10 vol. in-8.

— Histoire de la société française pendant la révolution, par Edmond et Jules de Goncourt. *Paris, Dentu*, 1854, in-8. — Pendant le Directoire, par les mêmes. 1855, in-8.

— Histoire métallique de la révolution française, A.-L. MILLIN. *Paris*, 1806, in-4.

23954. HISTOIRE numismatique de la révolution française, par M. H. (Hennin). *Paris*, 1826, in-4.

23955. Histoire des caricatures de la révolution des Français, par BOYER de Nîmes. 1792, 2 part. en 1 vol. in-8.

— Histoire-musée de la république française (1787-1804), avec les estampes, costumes, médailles, caricatures, portraits historiques, etc., par Aug. Challamel. *Paris*, 1842, 2 vol. in-8., avec 150 pl.

— Mémoires d'un témoin de la révolution, par J.-Sylv. Bailly. 1804, 3 vol. in-8.

— Histoire des constituants, par A. de Lamartine. *Paris*, 1853, 4 vol. in-8.

23956. Mémoires de la révolution française, par de Bouillé. 1797, 2 vol. in-8.

— Essai sur la vie du marquis de Bouillé, par René de Bouillé, son petit-fils. *Paris, Amyot*, 1853, in-8.

23968. Mémoires de Mme Roland. 2 vol. in-8. — Lettres de la même, 1 vol. in-8.

— Étude sur Mme Roland et son temps, suivie de lettres à Bu[illegible] et d'autres documents inédits, par C.-A. Dauban. *Paris, H. Plon*, 1864, gr. in-8., portr. et fac-simile. (Pour les mémoires de Mme Roland, ajouter l'édition publiée avec des notes, par C.-A. Dauban. *Paris, Plon*, 1864, gr. in-8., portr.

— Histoire des Girondins, par Alph. de Lamartine. *Paris, Furne*, 1847, 8 vol. in-8., et aussi en 8 vol. gr. in-18; — 4e édition. *Paris, Plon*, 4 vol. gr. in-8. (Dans les éditions de ses œuvres complètes, l'auteur a ajouté à son Histoire des Girondins une critique à vingt ans de distance. Elle forme le 15e vol. de la collection, et n'a pas été vendue séparément.)

— Histoire des Girondins et des massacres de septembre, d'après les documents officiels et inédits, par M. A. Granier de Cassagnac. *Paris, Dentu*, 1860, 2 vol. in-8, avec 2 fac-simile d'autographes.

— Les Girondins, leur vie privée, leur proscription et leur mort, par J. Guadet neveu. *Paris, Didier*, 1861, 2 vol. in-8.

— Danton, documents authentiques pour servir à l'histoire de la révolution française, par Alfred Bougeart. *Bruxelles, Lacroix*, 1861, in-8.

— Histoire de Saint-Just, député à la Convention nationale, par Ernest Hamel. *Alençon, Poulet-Malassis*, 1859, in-8., avec le portrait de Saint-Just et celui de son complice Philippe Le Bas.

— Histoire de Joseph Le Bon et des tribunaux révolutionnaires d'Arras et de Cambrai, par A.-J. Paris. *Arras, Rousseau-Leroy*, 1864, in-8., portr.

23969. Mémoires de Grégoire, précédés d'une notice par M. H. Carnot. *Paris*, 1837, 2 vol. in-8.

— Mémoires de B. Barère, précédés d'une notice historique par M. H. Carnot. *Paris*, 1842-43, 4 vol. in-8.

— Vie et correspondance de Merlin de Thionville, publiée par Jean Reynaud. *Paris, Furne*, 1860, gr. in-8., portr. et fac-similé.

— Mémoires et correspondance de Mallet du Pan, recueillis et mis en ordre par A. Sayous. *Paris, Amyot*, 1851, 2 vol. in-8.

— Histoire du Directoire de la république française, par de Barante. *Paris, Didier*, 1855, 3 vol. in-8.

— Autre, par A. Granier de Cassagnac. *Paris, Plon*, 3 vol. in-8. (Le 3e vol. n'a paru qu'au commencement de l'année 1864.)

— Réponse de L.-N. Carnot... au rapport fait sur la conjuration du 18 fructidor, par J.-Ch. Bailleul. (*Hambourg*), an VI (1799), in-12 de 228 pp. — Second mémoire, in-12 de 43 pp. — Mémoire adressé au roi en juillet 1814, par le lieutenant général Carnot. *Paris*, 1814 et 1815, in-8. — Exposé de la conduite politique du même depuis le 1er juillet 1814. *Paris*, 1815, in-8.

— Mémoires historiques et militaires sur Carnot, rédigés d'après ses manuscrits, précédés d'une notice par P.-F. Tissot. *Paris*, 1826, in-8.

— Mémoires sur Carnot, publiés par son fils, 1753 à 1823. *Paris, Pagnière*, 1861-64, 2 vol. in-8. en 2 part. chacun.

23970. Mémoires pour servir à l'histoire du jacobinisme, par Barruel. *Hambourg (Lyon)*, 1803, 5 vol. in-8. (Cet ouvrage peut aussi se placer après le no 22518.)

— Der Jakobiner-Klub. Ein Beitrag zur Geschichte der Parteien und der politischen Sitten im Revolutions-Zeitalter, von J.-W. Zinkeisen. *Berlin*, 1852-53, 2 vol. in-8.

23971. Mémoires du comte Jos. de Puisaye, qui pourront servir à l'histoire du parti royaliste français durant la dernière révolution. *Londres*, 1803, 6 vol. in-8.

— Lettres et instructions de Louis XVIII au comte de Saint-Priest, précédées d'une notice, par de Barante. *Paris, Amyot*, 1845, in-8.

— Histoire de l'armée de Condé, par Théodore Muret. *Paris, Dentu*, 1844, 2 vol. in-8.

— Histoire du consulat et de l'empire, par M. THIERS. *Paris*, 1846-62, 20 vol. in-8.

23984. Mémorial de Sainte-Hélène, par le comte de LAS CASES. *Paris*, 1835, 2 vol. gr. in-8.

23985. Mémoires pour servir à l'histoire de France, sous Napoléon..., par Gasp. GOURGAUD. *Paris*, 1822-25, 8 vol. in-8., et Précis des guerres de César par Napoléon, 1836, 1 vol. — 2e édit., 1830, 9 vol. in-8.

— Récits de la captivité de l'empereur Napoléon à Sainte-Hélène, par le général Montholon. *Paris, Paulin*, 1847, 2 vol. in-8.

— Histoire de la captivité de Napoléon à Sainte-Hélène, d'après les documents officiels et les manuscrits de sir Hudson-Lowe, publiés par Will. Forsyth, trad. de l'anglais. *Londres*, 1854, 4 vol. in-8., portr.

— Sainte-Hélène. Translation du cercueil de Napoléon à bord de la frégate la Belle-Poule, etc., par Henri Durand-Brager. *Paris, Gide*, 1844, in-fol.

23986. Œuvres de Napoléon BONAPARTE. *Paris*, 1821, 5 vol. in-8.

23987. Correspondance inédite, officielle et confidentielle de Napoléon BONAPARTE avec les cours étrangères, les princes, les ministres, les généraux français, etc. *Paris, Panckoucke*, 1819-20, 7 vol. in-8.

— Napoléon Ier, Correspondance (politique, militaire, et administrative), publ. par ordre de Napoléon III. *Paris, imprim. impér.*, 1858 et ann. suiv., in-4. et in-8., vol. I à XVI.

23988. Hist. métallique de Napoléon (par MILLIN). *Londres et Paris*, 1819 et 1821, in-4.

23989. SACRE de Napoléon. *Paris* (1804), gr. in-fol.

23990. Mémoires pour servir à l'histoire de la vie privée, du retour et du règne de Napoléon, en 1815, par M. M. Fleury de Chaboulon. *Lond.*, 1820, 2 vol. in-8.

23991. Recueil de pièces officielles destinées à détromper les Français sur les événements qui se sont passés depuis quelques années, par Fréd. Schoell. *Paris*, 1814-16, 9 vol. in-8., en 38 livr.

— Mémoires et correspondance politique et militaire du roi Joseph, publiés, annotés et mis en ordre par A. Ducasse. *Paris, Perrotin*, 1854-55, 10 vol. in-8., et album composé de 20 pl. in-fol.

— Mémoires du roi Jérôme, publiés par le capitaine Ducasse, et suivis de sa correspondance avec Napoléon. *Paris*, 186 , vol. in-8.

— F.-J.-A. Schneidawind, Prinz Eugen, Herzog von Leuchtenberg, Fürst von Eichstädt und vormaliger Vicekönig von Italien, etc., in den Feldzügen seiner Zeit. *Stockholm*, 1857, in-8.

23992. Mémoires de M. de Bourienne (composés en commençant à la 9e feuille du 1er vol. par M. de Villemarest, d'après des notes de M. de Bourienne). *Paris*, 1829-30, 10 vol. in-8. — Bourienne et ses erreurs. *Paris*, 1830, 2 vol. in-8.

23993. Mémoires du duc de Rovigo (Anne-Jean-Mar.-René Savary). *Paris*, 1828, 8 vol. in-8.

— Manuscrits de 1812, 1813 et 1814, par le baron Fain. 1823-27, 5 vol. in-8. (Le manuscrit de 1814, qui ne forme qu'un vol., a paru le premier; il y en a plusieurs éditions.)

23994. Mémoires anecdotiques sur l'intérieur du palais de Napoléon (de 1805 à 1814), par M. de Bausset. *Paris*, 1827-29, 4 vol. in-8.

— Court of Napoleon, or society under the first empire, by GOODRICH. *New-York*, 1857, gr. in-8.

— Recherches histor. sur le procès et la condamnation du duc d'Enghien, par Auguste de Nougarède de Fayet. *Paris*, 1844, 2 vol. in-8.

23995. Mémoires de la duchesse d'Abrantès, ou souvenirs historiques sur Napoléon, la révolution, le directoire, etc. 1831-35, 18 vol. in-8.

23996. Mémoires et souvenirs du comte de La Valette. *Paris*, 1831, 2 vol. in-8.

23997. Napoléon et Marie-Louise, souvenirs histor. de M. Méneval. *Paris*, 1843, 3 vol. in-8., ou 3 vol. in-12.

B

peut-on pas supposer
le contenu ~~sût Nodier~~
que ~~la~~ c'est Nodier
Klaproth a voulu désigné
1829, et comme le prouve
~~les mains de qui elle~~
orgé de revoir avant
impression le Manuscrit
rouvé à Saragosse et entre
mains déjà la copie
ment est vérité. Et ~~on~~
~~it as pas Nodier qui a~~
vers n'est-il pas
bable que ~~[illegible]~~
ayant entre les mains
~~[illegible]~~ le travail de
te Jean Potocki, l'ait
qu'à en tirer le meilleur
té possible littérairement
financièrement parlant.
Il n'en est pas moins
étonnant qu'il ait cru
voir garder le silence
du scandaleux procès
au comte de Avrechamps
~~étant qui~~ avait cru
avoir publier ~~[illegible]~~
le journ. La Presse en 1841
2) ~~la~~ des Journées de la
d'Alph. Van Worden

le titre de la Val funeste puis
celui de l'hist. de don
nito d'Almasenar +
tendu extraits des Mémoires
dits de Cagliostro

n'étaient que la reproduction
d'Avadoro et des

~~C'était là~~
La Val funeste était un
vol manifeste. Nodier qui
n'est mort qu'en 1844 et avait
pu éclairer la justice à ce sujet
il n'a pas souffle mot. ~~Il fa~~
~~avait peut-être~~

c

~~Histoire~~

~~d'~~Alphonse Van Worden

~~ou~~

~~tirée d'un~~ manuscript trouvé à Saragosse

Manuscrit trouvé à Saragosse.

Le Comte d'Olavidèz n'avoit pas encore établi des colonies étrangères dans la Sierra Moréna; cette chaîne sourcilleuse qui sépare l'Andalousie d'avec la Manche, n'étoit alors habitée que par des contrebandiers, des bandits, et quelques Bohèmiens, qui passoient pour manger les voyageurs qu'ils avoient assassinés, et delà le proverbe Espagnol: „Las Gitanas de Sierra Moréna quieren carne de hombres.

Ce n'est pas tout. Le voyageur qui se hasardoit dans cette sauvage contrée, s'y trouvoit (disoit on) assailli par mille terreurs capables de glacer les plus hardis courages. Il entendoit des voix lamentables se mêler au bruit des torrents, ~~et aux~~ sifflements de la tempête. des lueurs trompeuses l'égaroient, et des mains invisibles le poussoient vers des abimes sans fond.

A la vérité quelques Ventas ou auberges isolées, se trouvoient éparses sur cette route désastreuse, mais des revenants plus diables que les cabaretiers eux mêmes avoient forcé ceux-ci à leur céder la place, et à se retirer en des pays où leur repos ne fut plus troublé que par les reproches de leur conscience, sortes de fantômes avec qui les aubergistes ont des accommodements; celui de l'hôtellerie d'Anduhar, attestoit St. Jacques de Compostelle de la vérité de ces récits merveilleux. Enfin il ajoutoit, que les archers de la St. Hermandad avoient refusé de se charger d'aucune expédition pour la Sierra

Morena, et que les voyageurs prenoient la route de Jaen ou celle de l'Estramadoure. . . .

Je lui répondis que ce choix pouvoit convenir à des voyageurs ordinaires, mais que le Roi Don Phélipe quinto ayant eu la grace de m'honorer d'une commission de Capitaine aux gardes Vallones, les loix sacrées de l'honneur me prescrivoient de me rendre à Madrid par le chemin le plus court, sans demander s'il étoit le plus dangereux.

„Mon jeune Seigneur, (reprit l'hôte) votre merçed „me permettra de lui observer, que si le Roi l'a honoré „d'une compagnie aux gardes, avant que l'âge eut hono-„ré du plus leger duvet le menton de votre merçed; il „seroit expédient de faire des preuves de prudence, or je „dis que lors que les démons s'emparent d'un pays" . . . Il en eut dit d'avantage, mais je piquai des deux et ne m'arrêtai que lorsque je me crus hors de la portée de ses remontrances: Alors je me retournai et je le vis qui gesticuloit encore et me montroit de loin la route de l'Estramadoure. Mon valet Lopez et Moschito mon zagal me regardoient d'un air piteux, qui vouloit dire à peu près la même chose. Je fis semblant de ne les point comprendre, et m'enfonçai dans les bruyères, où depuis l'on a bati la colonie appellée la Carlota.

A la place même où est aujourd'hui la maison de poste il y avoit alors un abri, fort connu des muletiers, qui l'appelloient: „Los Alcornoques — ou „les chênes verts, parce que deux beaux arbres de cette espèce y ombra-

geoient une source abondante que recevoit un abreuvoir de marbre. C'étoit la seule eau et le seul ombrage que l'on trouvat depuis Anduhar, jusqu'à l'auberge dite Venta-Quemada. Cette auberge étoit batie au milieu d'un désert, mais grande et spacieuse. C'étoit proprement un ancien château des Mores que le Marquis de Penna-Quemada avoit fait réparer, et delà lui venoit le nom de Venta-Quemada. Le Marquis l'avoit affermée à un bourgeois de Murcie, qui y avoit établi une hôtellerie la plus considérable qu'il y eut sur cette route. Les voyageurs partoient donc le matin d'Anduhar, dinoient à Los Alcornoques des provisions qu'ils avoient apportées, et puis ils couchoient à la Venta-Quemada; souvent même ils y passoient la journée du lendemain, pour s'y préparer au passage des montagnes et faire de nouvelles provisions; tel étoit aussi le plan de mon voyage.

Mais comme nous approchions déjà des chênes verts, et que je parlois à Lopez du petit repas que nous comptions y faire, je m'aperçus que Moschito n'étoit point avec nous, non plus que la mule chargée de nos provisions. Lopez me dit que ce garçon étoit resté quelques cents pas en arriere, pour refaire quelque chose au bât de sa monture: Nous l'attendimes, — puis nous fimes quelques pas en avant — puis nous nous arrêtames pour l'attendre encore — nous l'appellames — nous retournames sur nos pas, pour le chercher: le tout en vain. Moschito avoit disparu et emportoit avec lui nos plus chères espérances, c'est-à-dire tout notre diner. J'étois le seul à jeun, car Lopez *n'avoit cessé de ronger un fromage du Toboso, dont il s'étoit muni, mais il n'en n'étoit pas plus gai, et marmotoit entre ses dents „que l'aubergiste d'Anduhar l'avoit „bien dit, et que les démons avoient surement emporté l'in„fortuné Moschito.*

Lorsque nous fumes arrivés à los Alcornoques, je trouvai sur l'abreuvoir un panier rempli de feuilles de vignes; il paroissoit avoir été plein de fruits et oublié par quelque voyageur. J'y fouillai avec curiosité et j'eus le plaisir d'y découvrir quatre belles figues et une orange. J'offris deux figues à Lopez, mais il les refusa, disant qu'il pouvoit attendre jusqu'au soir; je mangeai donc la totalité des fruits, après quoi je voulus me désaltérer à la source voisine. Lopez m'en empêcha, alléguant que l'eau me feroit du mal après les fruits, et qu'il avoit à m'offrir un reste de vin d'Alicante. J'acceptai son offre, mais à peine le vin fut il dans mon estomac que je me sentis le coeur fort oppressé. Je vis la terre et le ciel tourner sur ma tête, et je me serois surement évanoui, si Lopez ne se fût empressé à me secourir; il me fit revenir de ma défaillance et me dit qu'elle ne devoit point m'effrayer, n'étant qu'un effet de la fatigue et de l'inanition. Effectivement non seulement je me trouvois rétabli, mais même dans un état de force et d'agitation qui avoit quelque chose d'extraordinaire. La campagne me sembloit émaillée des couleurs les plus vives; les objets scintilloient à mes yeux, comme les astres dans les nuits d'été, et je sentois batre mes artères, surtout aux tempes et à la gorge.

Lopez voyant que mon incomodité n'avoit point eu de suites, ne put s'empêcher de recommencer ses doléances: „hélas, (dit-il) pourquoi ne m'en suis-je pas rapporté à Fra „Heronimo della Trinidad, moine, prédicateur, confesseur „et l'oracle de notre famille, il est beau frère, du beau „fils, de la belle soeur, du beau père, de ma belle mère, et „se trouvant ainsi le plus proche parent que nous ayons, „rien ne se fait dans notre maison que par ses avis. Je „n'ai pas voulu les suivre et j'en suis justement puni; il „m'avoit bien dit que les officiers aux gardes vallones étoient „un peuple hérétique, ce que l'on reconnoit aisément à leurs „cheveux blonds, à leurs yeux bleux, et à leurs joues rou-„ges, au lieu que les vieux chrétiens sont de la couleur de „notre Dame d'Atocha, peinte par Saint Luc.

J'arrêtai ce torrent d'impertinences, en ordonnant à Lopez de me donner mon fusil à deux coups, et de rester auprès des chevaux, tandis que j'irois sur quelque rocher des environs, pour tâcher de découvrir Moschito ou du moins sa trace. A cette proposition Lopez fondit en larmes et se jettant à mes genoux, il me conjura au nom de tous les Saints, de ne pas le laisser seul en un lieu si plein de dangers. Je m'offris à garder les chevaux tandis qu'il iroit à la découverte, mais ce parti lui parût encore bien plus effrayant; cependant je lui dis tant de bonnes raisons, pour aller chercher Moschito, qu'il me laissa partir. Puis il tira un rosaire de sa poche, et se mit en prières auprès de l'abreuvoir.

Les somèts que je voulois gravir, étoient plus éloignés

qu'ils ne me l'avoient parus, je fus près d'une heure à les atteindre, et lorsque j'y fus, je ne vis rien que la plaine déserte et sauvage, nulle trace d'hommes, d'animaux ou d'habitations, nulle route que le grand chemin, que j'avois suivi, et personne n'y passoit — par tout le plus grand silence. Je l'interrompis par mes cris, que les échos répétèrent au loin. — Enfin je repris le chemin de l'abreuvoir, j'y trouvai mon cheval attaché à un arbre; mais Lopez, Lopez avoit disparu.

J'avois deux partis à prendre; celui de retourner à Anduhar, et celui de continuer mon voyage. Le premier parti ne me vint seulement pas à l'esprit. Je m'élançai sur mon cheval et le mettant tout de suite au plus grand trot, j'arrivai au bout de deux heures sur les bords du Guad al Quivir, qui n'est point là ce fleuve tranquille et superbe, dont le cours majestueux embrasse les murs de Seville. Le Guad al Quivir au sortir des montagnes est un torrent sans rives ni fond, et toujours mugissant contre les rochers qui contiennent ses efforts.

La vallée de Los Hermanos commence à l'endroit où le Guad al Quivir se répand dans la plaine; elle étoit ainsi appellée parce que trois frères, moins unis encore par les liens du sang que par leur goût pour le brigandage, en avoient fait long tems le théatre de leurs exploits. Des trois frères deux avoient été pris, et leurs corps se voyoient attachés à une potence à l'entrée de la vallée: mais l'ainé, apellé Zoto, s'étoit échappé des prisons de Cor-

doue, et l'on disoit qu'il s'étoit retiré dans la chaine des Alpuharras.

On racontoit des choses bien étranges des deux frères qui avoient été pendus; on n'en parloit pas comme de revenants, mais on prétendoit que leurs corps animés, par je ne sais quels démons, se détachoient la nuit, et quittoient le gibet pour aller désoler les vivants. Ce fait passoit pour si certain, qu'un Théologien de Salamanque avoit fait une dissertation, dans laquelle il prouvoit, que les deux pendus étoient des espèces de vampires, et que l'un n'étoit pas plus incroyable que l'autre, ce que les plus incrédules lui accordoient sans peine. Il couroit aussi un certain bruit, que ces deux hommes étoient innocents, et qu'ayant été injustement condamnés, ils s'en vengeoient avec la permission du ciel, sur les voyageurs et autres passants. Comme j'avois beaucoup entendu parler de tout cela à Cordoue, j'eus la curiosité de m'approcher de la potence. Le spectacle en étoit d'autant plus dégoutant, que les hideux cadavres, agités par le vent, faisoient des balancements extraordinaires, tandisque d'affreux vautours les tirailloient pour arracher des lambeaux de leur chair; j'en détournai la vue avec horreur et m'enfonçai dans le chemin des montagnes.

Il faut convenir, que la vallée de Los Hermanos sembloit très propre à favoriser les entreprises des bandits, et leur servir de retraite. L'on y étoit arrêté tantôt par des roches détachées du haut des monts, tantôt par des arbres renversés par l'orage. En bien des endroits le chemin tra-

versoit le lit du torrent, ou passoit devant des cavernes profondes, dont l'aspect malencontreux inspiroit la défiance.

Au sortir de cette vallée j'entrai dans une autre, et je découvris la venta qui devoit être mon gite, mais du plus loin que je l'apperçus, je n'en augurai rien de bon. Car je distinguai qu'il ne s'y trouvoient ni fenêtres, ni volets, les cheminées ne fumoient point, je ne voyois point de mouvement dans les environs, et je n'entendois pas les chiens avertir de mon arrivée. J'en conclus que ce cabaret étoit un de ceux que l'on avoit abandonné, comme me l'avoit dit, l'aubergiste d'Anduhar.

Plus j'aprochois de la venta, et plus le silence me sembloit profond. Enfin j'arrivai et je vis un tronc à mettre des aumônes, accompagné d'une inscription ainsi conçue: „Messeigneurs les voyageurs ayez la charité de prier „pour l'ame de Gonzalez de Murcie, ci-devant cabaretier „de la Venta Quemada. Sur toute chose passez votre „chemin et ne restez pas ici la nuit, sous quelque prétexte „que ce soit.

Je me décidai aussitôt à braver les dangers dont l'inscription me menaçoit. Ce n'étoit pas que je fusse convaincu qu'il n'y a point de revenants; mais on verra plus loin que toute mon éducation avoit été dirigée du coté de l'honneur, et je le faisois consister à ne donner jamais aucune marque de crainte.

Comme le soleil ne faisoit que de se coucher, je voulus profiter d'un reste de clarté, et parcourir tous les recoins de cette demeure, moins pour me rassurer contre les puissances infernales, qui en avoient pris possession, que pour chercher quelque nouriture, car le peu que j'avois mangé à los Alcornoques avoit pu suspendre, mais non pas satisfaire le besoin impérieux que j'en ressentois. Je traversai beaucoup de chambres et de salles. La plus part étoient revêtues en mosaïque jusques à la hauteur d'un homme, et les plafonds étoient en cette belle ménuiserie, où les maures mettoient leur magnificence. Je visitai les cuisines, les greniers, et les caves; celles-ci étoient creusées dans le rocher, quelques unes communiquoient avec des routes souteraines, qui paroissoient pénétrer fort avant dans la montagne; mais je ne trouvai à manger nulle part. — Enfin comme le jour finissoit tout à fait, j'allai prendre mon cheval que j'avois attaché dans la cour, je le menai dans une écurie où j'avois vu un peu de foin, et j'allai m'établir dans une chambre, où il y avoit un grabat, le seul que l'on eut laissé dans toute l'auberge. J'aurois bien voulu avoir une lumière, mais la faim, qui me tourmentoit, avoit cela de bon, c'est qu'elle m'empêchoit de dormir.

Cependant plus la nuit devenoit noire, et plus mes réflexions étoient sombres. Tantôt je songeois à la disparition de mes deux domestiques, et tantôt aux moyens de pourvoir à ma nourriture. Je pensois, que des voleurs sortant à l'improviste de quelque buisson ou de quelque trape souteraine, avoient attaqué successivement Lopez et Moschito, lorsqu'ils se trouvoient seuls, et que je n'avois été épargné, que parce que ma tenue militaire ne promettoit pas une victoire aussi facile. Mon appetit m'occupoit plus que tout le reste; mais j'avois vu des chèvres sur la montagne; elles devoient être gardées par un chevrier, et cet homme devoit sans doute avoir une petite provision de pain, pour le manger avec son lait. De plus je comptois un peu sur mon fusil. Mais de retourner sur mes pas, et de m'exposer aux railleries de l'hôte d'Anduhar, c'est là ce que j'étois bien décidé à ne point faire. Je l'étois au contraire bien fermement à continuer ma route.

Toutes ces sortes de réflexions étant épuisées, je ne pouvois m'empêcher de repasser dans mon esprit la fameuse histoire des faux monnoyeurs et quelques autres du même genre, dont on avoit bercé mon enfance. Je songeois aussi à l'inscription mise sur le tronc des aumônes. Je ne croyois pas que le diable eut tordu le cou à l'hôte, mais je ne comprenois rien à sa fin tragique.

Les heures se passoient ainsi dans un silence profond, lorsque le son inattendu d'une cloche me fit tressaillir de surprise. Elle sonna douze coups, et comme l'on sait, les revenants n'ont de pouvoir que depuis minuit jusques au premier chant du coq. Je dis que je fus surpris, et j'avois raison de l'être, car la cloche n'avoit point sonné les autres heures; enfin son tintement me sembloit avoir quelque chose de lugubre. — Un instant après la porte de la chambre s'ouvrit, et je vis entrer une figure toute noire, mais non pas effrayante, car c'étoit une belle négresse demi-nue, et tenant un flambeau dans chaque main.

La négresse vint à moi, me fit une profonde révérence, et me dit, en très bon Espagnol: „Seigneur Cavalier, des „Dames étrangères, qui passent la nuit dans cette hotellerie „vous prient de vouloir bien partager leur souper. Ayez la „bonté de me suivre." — Je suivis la négresse de corridor en corridor, enfin dans une salle bien éclairée, au milieu de la quelle étoit une table garnie de trois couverts, et couverte de vases du Japon et de carafes de cristal de roche. Au fond de la salle étoit un lit magnifique. Beaucoup de négresses sembloient empressées à servir, mais elles se rangèrent avec respect, et je vis entrer deux Dames, dont le tein de lys et de roses contrastoit parfaitement avec l'ébène de leurs soubrettes. Les deux Dames se tenoient par la main; elles étoient mises dans un gout bizarre, ou du moins il me parut tel, mais la vérité est, qu'il est en usage dans plusieurs villes sur la côte de Barbarie, ainsi que je l'ai vu depuis lorsque j'y ai voyagé. Voici donc quel étoit ce costume, il ne consistoit proprement qu'en une chemise et un corset. La chemise étoit de toile jusqu'au dessous de la ceinture, mais plus bas c'étoit une gaze de Méquinez, sorte d'étoffe qui seroit tout à fait transparente, si de larges rubans de soye, mêlés à son tissu, ne le rendoient plus propre à voiler des charmes qui gagnent à être devinés. Le corset, richement brodé en perles et garni d'agrafes de diamants, couvroit le sein assez exactement; il n'avoit point de manches, celles de la chemise, aussi de gaze, étoient retroussées et nouées derrière le col. Leurs bras nuds étoient ornés de bracelets, tant aux poignets qu'au dessus du coude. Les pieds de ces da-

mes qui, si elles eussent été des diablesses, auroient été fourchus ou garnis de griffes, n'étoient rien ~~de tout~~ cela, mais ils étoient à cru dans une petite mule brodée, et le bas de la jambe étoit orné d'un anneau de gros brillants.

Les deux inconnues s'avancèrent vers moi d'un air aisé et affable. C'étoient deux beautés parfaites, l'une grande, svelte, éblouïssante, l'autre touchante et timide. La majestueuse avoit la taille admirable, et les traits de même. La cadette avoit la taille ronde, les lèvres un peu avancées, les paupières à demi fermées, et le peu de prunelles qu'elles laissoient voir, étoit caché par des cils d'une longueur extraordinaire. L'ainée m'adressa la parole en castillan, et me dit: „Seigneur Cavalier, nous vous remer-„cions de la bonté que vous avez eue d'accepter cette petite „collation, je crois que vous devez en avoir besoin". — Elle dit ces derniers mots d'un air si malicieux que je la soupçonnai presque d'avoir fait enlever la mule chargée de nos provisions, mais elle les remplaçoit si bien, qu'il n'y avoit pas moyens de lui en vouloir.

Nous nous mimes à table, et la même Dame, avançant vers moi un vase de Japon, me dit: „Seigneur Cavalier, „vous trouverés ici une Olla-podrida, composée de toutes „sortes de viandes, une seule exceptée, car nous sommes „fidelles, je veux dire Musulmanes."

„Belle inconnue (lui répondis-je) il me semble que vous „aviez bien dit. Sans doute vous êtes fidelles, c'est la „religion de l'amour. Mais daignez satisfaire ma curio-„sité avant mon appetit, dites moi qui vous êtes.

„Mangez toujours, Seigneur Cavalier" (reprit la belle Maure) „ce n'est pas avec vous, que nous garderons l'in- „cognito. Je m'appelle Emina et ma soeur Zibeddé; nous „sommes établies à Tunis, mais notre famille est originaire „de Grenade, et quelques uns de nos parents sont restés „en Espagne où ils professent en secret la loi de leurs „pères. Il y a huit jours que nous avons quitté Tunis; „nous avons débarqué près de Malaga dans une plage dé- „serte. Puis nous avons passé dans les montagnes entre „Sohha et Antequerra, puis nous sommes venues dans ce „lieu solitaire pour y changer de costume, et prendre „tous les arrangements nécessaires à notre sureté. Seigneur „Cavalier vous voyez donc que notre voyage est un secret „important que nous avons confiées à votre loyauté."

J'assurai les belles qu'elles n'avoient aucune indiscré- tion à redouter de ma part, et puis je me mis à manger, un peu goulument à la vérité, mais pourtant avec de cer- taines graces contraintes, qu'un jeune homme a volontiers lorsqu'il se trouve seul de son sexe, dans une société de femmes.

Lorsqu'on se fut apperçu que ma premiere faim étoit appaisée, et que je m'en prenois à ce que l'on appelle en Espagne „Las Dolces." — La belle Emina ordonna aux négresses de me faire voir comment on dansoit dans leur pays. Il parut que nul ordre ne pouvoit leur être plus agréable. Elles obèirent avec une vivacité qui tenoit de la licence. Je crois même qu'il eut été difficile de mettre fin à leur danse, mais je demandai à leurs belles maitres- ses, si elles dansoient quelquesfois. Pour toute réponse elles se levèrent et demandèrent des castagnettes. Leurs pas tenoient du Volèro de Murcie et de la Foffa que l'on danse dans les Algarves; ceux qui ont été dans ces provinces, pourront s'en faire une idée. Mais pourtant ils ne comprendront jamais tout le charme qu'y ajoutoient les graces naturelles des deux Africaines, relevées par les draperies diaphanes dont elles étoient revêtues.

Je les contemplai quelque tems avec une sorte de sang froid, enfin leur mouvements pressés par une cadence plus vive, le bruit étourdissant de la musique moresque, mes esprits soulevés par une nourriture soudaine; en moi, hors de moi, tout se réunissoit pour troubler ma raison. Je ne savois plus si j'étois avec des femmes ou bien avec d'insidieuses succubes. Je n'osois voir — je ne voulois pas regarder. Je mis ma main sur mes yeux, et je me sentis défaillir.

Les deux soeurs se rapprochèrent de moi, chacune d'elles prit une de mes mains. Emina demanda si je me trouvois mal? Je la rassurai — Zibeddé me demanda ce que c'étoit qu'un médaillon qu'elle voyoit dans mon sein et si c'étoit le portrait d'une maitresse — „c'est (lui ré„pondis-je) un joyau que ma mère m'a donné, et que j'ai „promis de porter toujours, il contient un morceau de la „vraye croix . . à ces mots je vis Zibeddé reculer et pâlir.

„Vous vous troublez (lui di-je) cependant la croix „ne peut épouvanter que l'esprit des tenèbres.

Emina répondit pour sa soeur: „Seignenr Cavalier, (me dit-elle) „vous savez que nous sommes Musulmanes

„et vous ne devez pas être surpris du chagrin que ma soeur „vous a fait voir. Je le partage, nous sommes bien „fachées de voir un chrétien en vous, qui êtes notre plus „proche parent. Ce discours vous étonne, mais votre mère „n'étoit elle pas une Gomèlèz? nous sommes de la même fa-„mille, qui n'est qu'une branche de celle des Abencerages, „mais mettons nous sur ce sopha, et je vous en apprendrai „davantage.“

Les négresses se retirèrent. Emina me plaça dans le coin du sopha, et se mit à côté de moi, les jambes croisées sous elle. Zibeddé s'assit de l'autre côté, s'appuya sur mon coussin, et nous étions si près les uns des autres, que leur haleine se confondoit avec la mienne. Emina parut rêver un instant, puis me regardant avec l'air du plus vif intérèt, elle prit ma main et me dit: „Cher Alphonse, „il est inutile de vous le cacher, ce n'est pas le hasard „qui nous amène ici. Nous vous y attendions; si la crainte „vous eût fait prendre une autre route, vous perdiez à ja-„mais notre estime.“

„Vous me flattez Emina, (lui répondis-je), et je ne „vois pas quel intérèt vous pouvez prendre à ma valeur?

„Nous prenons beaucoup d'intérèt à vous (reprit la „belle Maure) „mais peut-être en serez vous moins flatté „lorsque vous saurez, que vous êtes à peu-près le premier „homme que nous ayons vû. — Ce que je dis vous étonne, „et vous semblez en douter. — Je vous avois promis l'hi-„stoire de nos ancètres, mais peut-être vaudra-t'il mieux „que je commence par la nôtre.“

Nous sommes filles de Gasir Gomélèz, oncle maternel du Dey de Tunis actuellement règnant, nous n'avons jamais eû de frère, nous n'avons point connû notre père, si bien que renfermées dans les murs du sérail, nous n'avions aucune idée de votre sexe. — Cependant comme nous étions nées toutes les deux avec un extrème penchant pour la tendresse, nous nous sommes aimées l'une l'autre avec beaucoup de passion. Cet attachement avoit commencé dès notre première enfance. Nous pleurions dès que l'on vouloit nous séparer, même pour des instants. Si l'on grondoit l'une, l'autre fondoit en larmes. Nous passions les journées à jouer à la même table, et nous couchions dans le même lit.

Ce sentiment si vif sembloit croitre avec nous, et il prit de nouvelles forces, par une circonstance que je vais raconter. J'avois alors seize ans, et ma soeur quatorze. Depuis longtems nous avions remarqué des livres que ma mère nous cachoit avec soin. D'abord nous y avions fait peu d'attention, étant déjà fort ennuyées des livres où l'on nous apprenoit à lire; mais la curiosité nous étoit venue avec l'âge. Nous saisîmes l'instant, où l'armoire défendue se trouvoit ouverte, et nous enlevames à la hâte un petit volume, qui se trouva être: Les amours de Medgénoun et de Leïllé, traduit du Persan par Ben-Omri. Ce divin ouvrage qui peint en traits de flammes tous les délices de l'amour, alluma nos jeunes têtes. Nous ne pouvions le bien comprendre, parce que nous n'avions point vû d'êtres de votre sexe, mais nous répétions ses expressions. Nous parlions le langage des amants; enfin nous voulumes nous aimer à leur maniere. Je pris le rôle de Medgénoun, ma soeur celui de Leïllé. D'abord je lui déclarai ma passion par l'arrangement de quelques fleurs, sorte de chiffre mystérieux, fort en usage dans toute l'Asie. Puis je fis parler mes regards, je me prosternai devant elle, je baisai la trace de ses pas, je conjurai les zéphirs de lui porter mes tendres plaintes, et du feu de mes soupirs je croyois embraser leur haleine.

Zibeddé fidelle aux leçons de son auteur, m'accorda un rendez-vous. Je me jettai à ses genoux, je baisai ses mains, je baignai ses pieds de mes larmes; ma maitresse faisoit d'abord une douce résistance, puis me permettoit de lui dérober quelques faveurs, enfin elle finissoit par s'abandonner à mon ardeur impatiente. En vérité nos ames sembloient se confondre, et même j'ignore encore ce qui pourroit nous rendre plus heureux que nous ne l'étions alors.

Je ne sais plus combien de tems nous nous amusames de ces scènes passionées, mais enfin nous leurs fimes succèder des sentiments plus tranquilles. Nous primes du goût pour l'étude de quelques sciences, surtout pour la connoissance des plantes, que nous étudions dans les écrits du célèbre Averroès.

Ma mère qui croyoit qu'on ne pouvoit trop s'armer contre l'ennui des serrails, vit avec plaisir que nous aimions à nous occuper. Elle fit venir de la Mecque une sainte personne que l'on appelloit Hazéréta, ou la sainte par excellence. Hazéréta nous enseigna la loi du prophète; ses leçons étoient conçues dans ce langage si pur, et si harmonieux, que l'on parle dans la tribu des Koreïsch. Nous ne pouvions nous lasser de l'entendre, et nous savions, par coeur presque tout le Coran. Ensuite ma mère nous instruisit elle même de l'histoire de notre maison, et mit entre nos mains, un grand nombre de mémoires dont les uns étoient en Arabe; d'autres en Espagnol. Ah cher Alphonse, combien votre loi, nous y parut odieuse; combien nous haïssions vos prêtres persécuteurs. Mais que d'intérèt nous prenions au contraire à tant d'illustres infortunés, dont le sang couloït dans nos veines.

Tantôt nous nous enflammions pour Saïd Gomélèz, qui souffrit le martyre dans les prisons de l'inquisition, tantôt pour son neveu Léïss, qui mena longtems dans les montagnes une vie sauvage et peu différente de celle des animaux féroces. De pareils caractères nous firent aimer les hommes, nous eussions voulu en voir, et souvent nous montions sur notre terrasse, pour appercevoir de loin les gens qui s'embarquoient sur le lac de la golette, ou ceux qui alloient aux bains de Hamam-Nef. Si nous n'avions pas tout à fait oublié les leçons de l'amoureux Medgénoun, au moins, nous ne les répétions plus ensemble. Il me parût même, que ma tendresse pour ma soeur n'avoit plus le caractère d'une passion, mais un nouvel incident me prouva le contraire.

Un jour ma mère nous amena une Princesse du Tafilet, femme d'un certain âge, nous la reçumes de notre mieux. Lorsqu'elle fut partie, ma mère me dit qu'elle m'avoit demandée en mariage pour son fils, et que ma soeur épouserait un Gomélez. Cette nouvelle fut pour nous un coup de foudre; d'abord nous en fumes saisies au point de perdre l'usage de la parole. Ensuite le malheur de vivre l'une sans l'autre, se peignit à nos yeux avec tant de force, que nous nous abondonnames au plus affreux désespoir. Nous arrachames nos cheveux, nous remplimes le sérail de nos cris. Enfin les démonstrations de notre douleur allèrent jusqu'à l'extravagance. Ma mère effrayée, promit de ne point forcer nos inclinations, elle nous assura, qu'il nous seroit permis de rester filles, ou d'épouser le même homme. Ces assurances nous calmèrent un peu.

Quelque tems après, ma mère vint nous dire qu'elle avoit parlé au chef de notre famille, et qu'il avoit permis que nous eussions le même mari, à condition, que ce seroit un homme du sang des Gomélèz.

Nous ne repondimes point d'abord, mais cette idée d'avoir un mari à nous deux, nous rioit tous les jours davantage. Nous n'avions jamais vû d'homme, ni jeune ni vieux que de très loin, mais comme les jeunes femmes nous paroissoient plus agréables que les vieilles, nous voulions que notre époux fut jeune. Nous espérions aussi qu'il nous expliqueroit quelques passages du livre de Ben-Omri dont nous n'avions pas bien saisi le sens. . . .

> *Ici Zibeddé interrompit sa soeur, et me serrant dans ses bras, elle me dit: „Cher Alphonse, que „n'êtes vous Musulman, quel seroit mon bonheur de „vous voir dans les bras d'Emina d'ajouter à vos „délices, de m'unir à vos étreintes — car enfin, cher „Alphonse, dans notre maison comme dans celle du*

„prophète, les fils d'une fille ont les mêmes droits „que la branche masculine. Il ne tiendroit peut-„être qu'à vous, d'être le chef de notre maison, qui „est prête à s'éteindre. Il ne faudroit pour cela „qu'ouvrir les yeux aux saintes vérités de notre loi.

Ceci me parut ressembler si fort à une insinuation de Satan, que je croyois déjà voir des cornes sur le joli front de Zibeddé. Je balbutiai quelques mots de religion. Les deux soeurs se reculèrent un peu. Emina prit une contenance plus sérieuse, et continua en ces termes.

„Seigneur Alphonse, je vous ai trop parlé de „ma soeur et de moi. Ce n'étoit pas mon intention, „je ne m'étois mise ici que pour vous instruire de „l'histoire des Gomélèz, dont vous descendez par les „femmes. Voici donc ce que j'avois à vous dire.

Histoire du Château de Cassar-Gomélèz.

Le premier auteur de notre race fut Massoud Ben-Taher, frère de Yousouf Ben-Taher, qui est entré en Espagne à la tête des Arabes et a donné son nom à la montagne de Gebal-Taher, que vous prononcés Gibraltar. Massoud qui avoit beaucoup contribué au succès de leurs armes, obtint du Calife de Bagdad, le gouvernement de Grénade, où il resta jusqu'à la mort de son frère. Il y seroit resté plus longtems, car il étoit chéri des Musulmans ainsi que des Mossarabes, c'est-à-dire des chrétiens restés sous la domination des Arabes: mais Massoud avoit des ennemis dans Bagdad, qui le noircirent dans l'ésprit du

Calif. Il sut que sa perte étoit résolue, et prit le parti de s'éloigner. Massoud rassembla donc les siens et se retira dans les Alpuharras, qui sont, comme vous le savez, une continuation des montagnes de la Sierra-Moréna, et cette chaine sépare le royaume de Grenade d'avec celui de Valence.

Les Visigoths, sur qui nous avons conquis l'Espagne, n'avoient point pénétré dans les Alpuharras. La plus part des vallées étoient désertes. Trois seulement étoient habitées par les descendants d'un ancien peuple de l'Espagne. On les appelloit Turdules: ils ne reconnoissoient ni Mahomet, ni votre prohète Nazaréen; leurs opinions réligieuses et leurs lois étoient contenues dans des chansons que les pères enseignoient à leurs enfants: ils avoient eu des livres qui s'étoient perdus.

Massoud soumit les Turdules plutôt par la persuasion que par la force: il apprit leur langue et leur enseigna la loi musulmane. Les deux peuples se confondirent par des mariages: c'est à ce mélange et à l'air des montagnes que nous devons ce teint animé, que vous voyez à ma soeur et à moi, et qui distingue les filles des Gômélez. On voit chez les Maures beaucoup de femmes très blanches, mais elles sont toujours pâles.

Massoud prit le titre de Scheïk, et fit bâtir un château très fort, qu'il apella Cassar Gomélez. Plutôt juge que souvérain de sa tribu, Massoud étoit en tout tems accessible et s'en faisoit un devoir, mais au dernier vendredi de chaque lune il prenoit congé de sa famille, s'en-

fermoit dans un souterrain du château, et y restoit jusqu'au vendredi suivant. Ces disparitions donnèrent lieu à différentes conjectures: les uns disoient que notre Sheïk avoit des entretiens avec le douzieme Iman, qui doit paroître sur la terre à la fin des siècles. D'autres croyoient que l'Antichrist étoit enchainé dans notre cave. D'autres pensoient que les sept dormants y reposoient avec leur chien Caleb. Massoud ne s'émbarassa pas de ces bruits; il continua de gouverner son petit peuple tant que ses forces le lui permirent. Enfin il choisit l'homme le plus prudent de la tribu, le nomma son successeur, lui remit la clef du souterrain, et se retira dans un hermitage, où il vécut encore bien des années.

Le nouveau Scheïk gouverna comme avoit fait son prédecesseur, et fit les mêmes disparitions au dernier vendredi de chaque lune. Tout subsista sur le même pied, jusqu'au tems où Cordoue eut ses Califs particuliers, indépendants de ceux de Bagdad. Alors les montagnards des Alpuharras, qui avoient pris part à cette revolution, commencèrent à s'établir dans les plaines, où il furent connus sous le nom d'Abencerages tandis que l'on conserva le nom de Gomélez à ceux qui restèrent attachés au Scheïk de Cassar Gomélez.

Cependant les Abencerages achetèrent les plus belles terres du royaume de Grenade, et les plus belles maisons de la ville. Leur luxe fixa l'attention du public, on supposa que le souterrain du Scheïk renfermoit un trésor immense, mais on ne put s'en assurer, car les Abencerages ne connoissoient pas eux mêmes la source de leurs richesses.

Enfin ces beaux royaumes ayant attiré sur eux les vengeances celestes, furent livrés aux mains des infidelles. Grenade fut prise, et huit jours après le célèbre Gonzalve de Cordoue vint dans les Alpuharras, à la tête de trois mille hommes. Hatem Gomélez étoit alors notre Scheïk, il alla au devant de Gonsalve et lui offrit les clefs de son château; l'Espagnol lui demanda celles du souterrain. Le Scheïk les lui donna aussi sans difficultés. Gonsalve voulut y descendre lui même, il n'y trouva qu'un tombeau et des livres, se moqua hautement de tous les contes qu'on lui avoit faits, et se hâta de retourner à Valadolid, où le rappeloient l'amour et la galanterie.

Ensuite la paix regna sur nos montagnes, jusqu'au tems où Charles monta sur le thrône. Alors notre Scheïk étoit Séfi Gomélez. Cet homme, par des motifs que l'on n'a jamais bien su, fit savoir au nouvel Empereur, qu'il lui révéleroit un secret important, s'il vouloit envoyer dans les Alpuharras quelque Seigneur, en qui il eût confiance. Il ne se passa pas quinze jours que Don Ruïs de Tolède se présenta aux Gomélez de la part de Sa Majesté, mais il trouva que le Scheïk avoit été assassiné la veille. Don Ruïs persécuta quelques individus, se lassa bientôt des persécutions, et retourna à la cour.

Cependant le secret des Scheïks étoit resté au pouvoir de l'assassin de Séfi. Cet homme qui s'appelloit Billah Gomélez, rassembla les anciens de la tribu, et leur prouva la nécessité de prendre de nouvelles précautions pour la garde d'un secret aussi important. Il fut décidé que l'on instruiroit plusieurs membres de la famille des Gomélez, mais que chacun d'eux ne seroit initié qu'à une partie du mystère, et que même ce ne seroit qu'après avoir donné des preuves éclatantes de courage, de prudence, et de fidélité.

Ici Zibeddé interrompit encore sa soeur et lui dit: „Chère Emina, ne croyez vous pas, qu'Alphonse „eût resisté à toutes les épreuves. Ah! qui peut en „douter! Cher Alphonse, que n'êtes vous musulman, „d'immenses trésors seroient peut-être en votre „pouvoir". . . . . Ceci ressembloit encore tout à fait à l'esprit de tenèbres, qui n'ayant pu m'induire en tentation par la volupté, cherchoit à me faire succomber par l'amour de l'or. Mais les deux beautés se rapprochèrent de moi, et il me sembloit bien que je touchois des corps et non pas des esprits. Après un moment de silence Emina reprit le fil de son histoire.

Cher Alphonse (me dit-elle) vous savez assez les persécutions que nous avons essuyées sous le regne de Philippe, fils de Charles. On enlevoit des enfants, on les faisoit élever dans la loi Chrétienne. On donnoit à ceux-ci tous les biens de leurs parents qui étoient restés fidelles. Ce fut alòrs qu'un Gomélez fut reçu dans le Teket des Dervis de St. Dominique, et parvint à la charge de Grand-Inquisiteur. . . . .

Ici nous entendimes le chant du coq, et Emina cessa de parler . . . Le coq chanta encore une fois . . . Un homme superstitieux eût pu s'attendre à voir les deux belles s'envoler par le tuyeau de la cheminée. Elles ne le firent point, mais elles parurent rêveuses et préoccupées. . . .

Emina fut la première à rompre le silence: „Aimable „Alphonse, (me dit-elle) le jour est prêt à paroître, les „heures que nous avons à passer ensemble sont trop pré„cieuses, pour les employer à conter des histoires. Nous „ne pouvons être vos épouses, qu'autant que vous embrasse„rez notre sainte loi. Mais il vous est permis de nous „voir en songe. Y consentez vous?" — — Je consentis à tout. „Ce n'est pas assez (reprit Emina avec l'air de la plus grande dignité) „ce n'est pas assez, cher Alphonse; il „faut encore que vous vous engagiez sur les lois sacrées „de l'honneur, à ne jamais trahir nos noms, notre exi„stence, et tout ce que vous savez de nous. Osez vous en „prendre l'engagement solennel?" — Je promis tout ce qu'on voulut.

„Il suffit (dit Emina); ma soeur, apportez la coupe „consacrée par Massoud, notre premier chef." — Tandis que Zibeddé alloit chercher le vase enchanté, Emina s'étoit prosternée et récitoit des prières en langue Arabe. Zibeddé reparut, tenant une coupe, qui me sembla taillée d'une seule émeraude, elle y trempa ses levres. Emina en fit autant, et m'ordonna d'avaler, d'un seul trait, le reste de la liqueur. — Je lui obeïs — Emina me remercia de ma docilité, et m'embrassa d'un air fort tendre. — Ensuite Zibeddé colla sa bouche sur la mienne, et parut ne pouvoir l'en détacher. Enfin elles me quittèrent en me disant, que je les reverrois, et qu'elles me conseilloient de m'endormir le plutôt possible.

Tant d'évènements bizarres, de récits merveilleux et de sentiments inattendus, auroient sans doute eu de quoi me faire rèfléchir toute la nuit; mais il faut en convenir, les songes que l'on m'avoit promis, m'occupoient plus que tout le reste. Je me hâtai de me deshabiller et de me mettre dans un lit, que l'on avoit préparé pour moi. Lorsque je fus couché, j'observai avec plaisir, que mon lit étoit très large, et que des rêves n'ont pas besoin d'autant de place. Mais à peine avois-je eu le tems de faire cette réflexion, qu'un sommeil irrésistible appésantit ma paupière, et tous les mensonges de la nuit s'emparèrent aussitôt de mes sens. Je les sentois égarés par de fantastiques prestiges, et ma pensée, emportée sur l'aile des désirs, malgré moi, me plaçoit au milieu des serails de l'Afrique, et s'emparoit des charmes renfermés dans leurs enceintes, pour en composer mes chimériques jouissances. Je me sentois rêver, et j'avois cependant la conscience de ne point embrasser des songes. Je me perdois dans le vague des plus folles illusions, mais je me retrouvois toujours avec mes belles cousines. Je m'endormois sur leur sein, je me reveillois dans leurs bras. — J'ignore combien de fois j'ai cru ressentir ces douces alternatives . . . .

Seconde Journée.

Enfin je me réveillai réellement; le soleil bruloit mes paupières — je les ouvris avec peine — Je vis le ciel — Je vis que j'étois en plein air — Mais le sommeil appésantissoit encore mes yeux — Je ne dormois plus, mais je n'étois pas encore éveillé — Des images de supplices se succedérent les unes aux autres. — J'en fus épouvanté. Je me soulevai en sursaut, et me mis sur mon séant. . . .

Où trouverai-je des termes pour exprimer l'horreur dont je fus alors saisi . . . . J'étois couché sous le gibet de los hermanos. Les cadavres des deux frères de Zoto n'étoient point pendus, ils étoient couchés à mes côtés. J'avois apparemment passé la nuit avec eux — Je reposois sur des morceaux de cordes, des débris de roues, des restes de carcasses humaines, et sur les affreux haillons, que la pourriture en avoit détaché.

Je crus encore n'être pas bien éveillé, et faire un rêve pénible. Je refermai les yeux, et je cherchai dans ma mémoire, où j'avois été la veille . . . Alors je sentis que des griffes s'enfonçoient dans mes flancs. — Je vis qu' un vautour s'étoit perché sur moi, et dévoroit un des compagnons de ma couche. La douleur que me causoit l'impression des ses serres, acheva de me réveiller. Je vis que mes habits étoient prés de moi, et je me hâtai de les mettre. Lorsque je fus habillé, je voulus sortir de l'enceinte du gibet, mais je trouvai la porte clouée, et j'essayai envain de la rompre. Il me fallut donc grimper ces tristes murailles. J'y réussis, et m'appuyant sur une des colonnes de la potence, je me mis à considérer le pays des environs. Je m'y reconnu aisément. J'étois réellement à l'entrée de la vallée de los hermanos, et non loin des bords du Guad al Quivir.

Comme je continuois à observer, je vis près du fleuve deux voyageurs, dont l'un apprêtoit un déjeuner, et l'autre tenoit la bride de deux chevaux. Je fus si charmé de voir des hommes, que mon premier mouvement fut de leurs crier: „Agour, Agour!“ — Ce qui veut dire en Espagnol,

„Bon jour, ou, je vous salue." — Les deux voyageurs qui virent le spolitesses qu'on leur faisoit du haut de la potence, parurent un instant indécis, mais tout à coup ils montèrent sur leurs chevaux, les mirent au plus grand galop, et prirent le chemin des Alcornoques — Je leur criai de s'arrêter, ce fut en vain; plus je criois, et plus ils donnoient de coups d'éperons à leurs montures. Lorsque je les eus perdus de vue, je songeai à quitter mon poste. Je sautai à terre et me fis un peu de mal.

Boitant tout bas, je gagnai les bords du Guad al Quivir, et j'y trouvai le déjeuner que les deux voyageurs avoient abandonné; rien ne pouvoit me venir plus à-propos, car je me sentois très épuisé. Il y avoit du chocolat qui cuisoit encore, du Sponhao trempé dans du vin d'Alicante, du pain et des oeufs. Je commençai par réparer mes forces, après quoi je me mis à réfléchir, sur ce qui m'étoit arrivé pendant la nuit. Les souvenirs en étoient très confus; mais ce que je me rappellois bien, c'étoit d'avoir donné ma parole d'honneur d'en garder le secret, et j'étois fortement résolu à la tenir. Ce point une fois décidé, il ne me restoit qu'à voir ce que j'avois à faire pour l'instant, c'est-à-dire, le chemin que j'avois à prendre: et il me parut que les loix de l'honneur m'obligeoient plus que jamais, à passer par la Sierra Morena.

L'on sera peut-être surpris de me voir si occupé de ma gloire, et si peu des événements de la veille; mais cette façon de penser étoit encore un effet de l'éducation que j'avois reçue, c'est ce que l'on verra par la suite de mon récit. — Pour le moment j'en reviens à celui de mon voyage.

J'étois fort curieux de savoir ce que les diables avoient fait de mon cheval, que j'avois laissé à la Venta Quemuda; et comme c'étoit d'ailleurs mon chemin, je me résolus à y passer. Il me fallut faire à pied, toute la vallée de los hermanos, et celle de la venta, ce qui ne laissa pas de me fatiguer et de me faire souhaiter beaucoup de retrouver mon cheval. Je le retrouvai en effet, il étoit dans la même écurie où je l'avois laissé, et paroissoit fringant, bien soigné et etrillé de fraix. Je ne savois qui pouvoit avoir pris ce soin, mais j'avois vu tant de choses extraordinaires que celle-là de plus ne m'arrêta pas long tems. Je me serois mis tout de suite en chemin, si je n'eusse eu la curiosité, de parcourir encore une fois l'intérieur de l'hôtellerie. Je retrouvai la chambre où j'avois couché, mais quelques recherches que j'en fisse, il me fut impossible de retrouver celle où j'avois vu les belles Africaines. Je me lassai donc de la chercher plus longtems, je montai à cheval et continuai ma route.

Lorsque je m'étois éveillé sous le gibet de los hermanos, le soleil étoit déjà au milieu de sa course. J'avois mis plus de deux heures à venir à la venta. Si bien que lorsque j'eus encore fait une couple de lieues, il me fallut songer à un gîte, mais n'en voyant aucun je continuai toujours à marcher. Enfin j'apperçus au loin une chapelle Gothique, avec une cabane, qui paroissoit être la demeure d'un hermite. Tout cela étoit éloigné du grand chemin, mais comme je commençois à avoir faim, je n'hésitai pas à faire ce détour pour me procurer de la nourriture. Lorsque je fus arrivé, j'attachai mon cheval à un arbre. Puis je frappai à la porte de l'hermitage et j'en vis sortir un religieux de la figure la plus vénérable. Il m'embrassa avec une tendresse paternelle, puis il me dit: „Entrez mon fils; „hâtez vous. Ne passez pas la nuit dehors — craignez le „tentateur — Le Seigneur a retiré sa main de dessus nous. —

Je remerciai l'hermite de la bonté qu'il me temoignoit, et je lui dis que je ressentois un extrème besoin de manger. —

Il me répondit: „Songez à votre ame, O! mon fils. — „Passez dans la chapelle. — Prosternez vous devant la „croix. — Je songerai aux besoins de votre corps. Mais „vous ferez un repas frugal tel qu'on peut l'attendre d'un „hermite."

Je passai à la chapelle, et je priai réellement, car je n'étois pas ésprit fort, et j'ignorois même qu'il y en eût, tout cela étoit encore un effet de mon éducation.

L'hermite vint me chercher au bout d'un quart d'heure, et me conduisit dans la cabane où je trouvai un petit couvert assez propre. Il y avoient d'excellentes olives, des cardes conservées dans du vinaigre, des oignons doux dans une sauce, et du biscuit au lieu de pain. Il y avoit aussi une petite bouteille de vin. L'hermite me dit qu'il n'en buvoit jamais, mais qu'il en gardoit chez lui pour le sacrifice de la messe. Alors je ne buvois pas plus de vin que l'hermite, mais le reste du souper me fit grand plaisir. Tandis que j'y faisois honneur, je vis entrer dans la cabane une figure plus effrayante, que tout ce que j'avois vu jus-

qu'alors. C'étoit un homme qui paroissoit jeune, mais d'une maigreur hideuse. — Ses cheveux étoient hérissés, un de ses yeux étoit crevé, et il en sortoit du sang — Sa langue pendoit hors de sa bouche, et laissoit couler une écume baveuse. — Il avoit sur le corps un assez bon habit noir, mais c'étoit son seul vêtement, il n'avoit même ni bas ni chemise.

L'affreux personnage ne dit rien à personne, et alla s'accroupir dans un coin, où il resta aussi immobile qu'une statue, son oeil unique fixé sur un crucifix, qu'il tenoit à la main. Lorsque j'eus achevé de souper je demandai à l'hermite, ce qu'étoit cet homme? L'hermite me répondit: „Mon fils, cet homme „est un possédé que j'exorcise, sa terrible histoire prouve „bien la fatale puissance que l'ange des ténèbres usurpe „dans cette malheureuse contrée, le récit en peut-être utile „à votre salut, et je vais lui ordonner de le faire. — Alors se tournant du côté du possedé, il lui dit: Pascheco, Pas„checo, au nom de ton rédempteur, je t'ordonne de racon„ter ton histoire.“ — Pascheco, poussa un horrible hurlement, et commenca en ces termes.

Histoire du Démoniaque Pascheco.

Je suis né à Cordoue, mon père y vivoit dans un état au dessus de l'aisance. Ma mère est morte il y a trois ans. Mon père parut d'abord la regretter beaucoup, mais au bout de quelques mois, ayant eu occasion de faire un voyage à Seville, il y devint amoureux d'une jeune veuve, appellée Camille de Tormes. Cette personne ne jouissoit pas d'une trop bonne réputation, et plusieurs des amis de mon pére cherchèrent à le détacher de son commerce; mais en dépit des soins qu'ils voulurent bien en prendre, le mariage eut lieu, deux ans après la mort de ma mère. La nôce se fit à Seville, et quelques jours après, mon père revint à Cordoue, avec Camille sa nouvelle épouse, et une soeur de Camille, qui s'appelloit Inésille.

Ma nouvelle belle mère répondit parfaitement à la mauvaise opinion que l'on avoit eu d'elle, et débuta dans la maison par vouloir m'inspirer de l'amour. Elle n'y réussit pas. Je devins pourtant amoureux, mais ce fut de sa soeur Inésille. Ma passion devint même bientôt si forte, que j'allai me jetter aux pieds de mon père, et lui demander la main de sa belle soeur.

Mon père me releva avec bonté, puis il me dit: „Mon „fils, je vous défens de songer à ce mariage, et je vous le „défens pour trois raisons. Premièrement: il seroit contre „la gravité, que vous devinsiez ~~en quelque façon~~ le beau„frère de votre père. Secondement: les saints canons de „l'église n'approuvoent point ces sortes de mariages. Troi„siemement: je ne veux pas que vous épousiez Inésille — „Mon père m'ayant fait part de ces trois raisons, me tourna „le dos et s'en alla.

Je me retirai dans ma chambre, où je m'abandonnai au désespoir. Ma belle mère, que mon père informa aussitôt de ce qui s'étoit passé, vint me trouver, et me dit: que j'avois tort de m'afliger; que, si je ne pouvois devenir l'époux d'Inésille, je pouvois être son cortehho, c'est-à-dire son amant, et qu'elle en faisoit son affaire: mais en même tems elle me déclara l'amour qu'elle avoit pour moi, et fit valoir le sacrifice qu'elle faisoit en me cédant à sa soeur. Je n'ouvris que trop mon oreille à des discours qui flattoient ma passion, mais Inésille étoit si modeste, qu'il me sembloit impossible qu'on pût jamais l'engager à répondre à mon amour.

Dans ce tems là mon père se détermina à faire le voyage de Madrid, dans l'intention d'y briguer la place de corrégidor de Cordoue; et il conduisit avec lui sa femme et sa belle soeur. Son absence ne devoit être que de deux mois, mais ce tems me parut très long, parce que j'étois éloigné d'Inésille.

Lorsque les deux mois furent à peu-près passés, je reçus une lettre de mon père, dans laquelle il m'ordonnoit d'aller à sa rencontre, et de l'attendre à la Venta-Quémada, à l'entrée de la Sierra-Moréna. Je ne me serois pas aisément déterminé à passer par la Sierra Moréna quelques semaines auparavant; mais on venoit précisément de pendre les deux frères de Zoto. Sa bande étoit dispersée, et les chemins passoient pour être assez surs.

Je partis donc de Cordoue, vers les dix heures du matin, et j'allai coucher à Anduhhar, chez un hôte des plus bavards qu'il y ait en Andalousie. Je commandai chez lui un souper abondant, j'en mangeai une partie et gardai le reste pour mon voyage.

Le lendemain je dinai à Los Alcornoques, de ce que j'avois reservé la veille, et j'arrivai le même soir à la Venta-Quémada. Je n'y trouvai point mon père, mais comme par sa lettre il m'ordonnoit de l'attendre, je m'y déterminai d'autant plus volontiers, que je me trouvois dans une hôtellerie spacieuse et commode. L'aubergiste qui la tnoit alors, étoit un certain Gonzalez de Murcie, assez bon homme, quoique hableur, qui ne manqua pas de me promettre un souper digne d'un grand d'Espagne. Tandis qu'il s'occupoit du soin de le préparer, j'allai me promener sur les bords du Guad al Quivir, et lorsque je revins à l'hôtellerie, j'y trouvai un souper qui effectivement n'étoit point mauvais.

Lorsque j'eus mangé, je dis à Gonzalez de faire mon lit . . . . Alors je vis qu'il se troubloit, il me tint quelques discours qui n'avoient pas trop de sens. Enfin il m'avoua que l'hôtellerie étoit obsédée par des revenants, que lui et sa famille passoient toutes les nuits dans une petite ferme, sur les bords du fleuve, et il ajouta, que si j'y voulois coucher aussi, il me feroit faire un lit auprès du sien.

Cette proposition me parut très déplacée, je lui dis, qu'il n'avoit qu'à s'aller coucher où il voudroit, et qu'il eût à m'envoyer mes gens. Gonzalez m'obéït, et se retira en hochant la tête, et levant les épaules.

Mes domestiques arrivèrent un instant après; ils avoient aussi entendu parler de revenants, et voulurent m'engager à passer la nuit à la ferme. Je reçus leurs conseils un peu brutalement, et leur ordonnai de faire mon lit dans la chambre même où j'avois soupé. Ils m'obeïrent quoique à regrèt, et lorsque le lit fut fait, ils me conjurèrent encore, les larmes aux yeux, de venir coucher à la ferme. Sérieusement impatienté de leurs remontrances, je me per-

mis quelques démonstrations qui les mirent en fuite, et comme je n'étois pas dans l'usage de me faire déshabiller par mes gens, je me passai facilement d'eux, pour m'aller coucher: cependant ils avoient été plus attentifs que je ne le méritois par mes façons à leur égard. Ils avoient laissé, près de mon lit, une bougie allumée, une autre de rechange, deux pistolets, et quelques volumes, dont la lecture pouvoit me tenir éveillé, mais la vérité est, que j'avois perdu le sommeil.

Je passai une couple d'heures, tantôt à lire, tantôt à me retourner dans mon lit. Enfin j'entendis le son d'une cloche, ou d'une horloge, qui sonna minuit — J'en fus surpris, parce que je n'avois pas entendu sonner les autres heures — Bientot la porte s'ouvrit, et je vis entrer ma belle mère; elle étoit en deshabillé de nuit, et tenoit un bougeoir à la main. Elle s'approcha de moi, en marchant sur la pointe de ses pieds, et le doigt sur sa bouche, comme pour m'imposer silence: Puis elle posa son bougeoir sur ma table de nuit, s'assit sur mon lit, prit une de mes mains, et me parla en ces termes: „Mon cher Pascheco, voici le moment où je puis vous donner les plaisirs que je vous ai „promis. Il y a une heure que nous sommes arrivés à ce „cabaret. Votre père est allé coucher à la ferme, mais „comme j'ai su que vous etiez ici, j'ai obtenu la permission, „d'y passer la nuit avec ma soeur Inésille. Elle vous attend, et se dispose à ne vous rien refuser; mais il faut „vous informer des conditions que j'ai mises à votre bonheur. Vous aimez Inésille, et je vous aime. Il ne faut „pas que de nous trois deux soyent heureux aux dé-

„pens du troisième. Je prètens qu'un seul lit nous serve „cette nuit.“ Venez — Ma belle mère ne me laissa pas le tems de lui répondre, elle me prit par la main, et me conduisit, de corridor en corridor, jusqu'à ce que nous fumes arrivés à une porte, où elle se mit à regarder par le trou de la serrure.

Lorsqu'elle eut assez regardé, elle me dit: „Tout va „bien, voyez vous même.“ —

Je pris sa place à la serrure, et je vis effectivement la charmante Inésille dans son lit; mais qu'elle étoit loin de la modestie, que je lui avois toujours vue. L'expression de ses yeux, sa respiration troublée, son teint animé, son attitude, tout en elle prouvoit qu'elle attendoit un amant.

Camille m'ayant laissé bien regarder, me dit: „Mon „cher Pascheco, restez à cette porte, quand il en sera tems „je viendrai vous avertir.“

Lorsqu'elle fut entrée, je remis mon oeil au trou de la serrure, et je vis mille choses, que j'ai de la peine à raconter. D'abord Camille se deshabilla, assez exactement, puis se mettant dans le lit de sa soeur, elle lui dit: „Ma „pauvre Inésille, est-t-il bien vrai que tu veuille avoir „un amant. Pauvre enfant, tu ne sais pas, le mal qu'il „te fera. D'abord il te terrassera, te foulera, et puis il „t'écrasera, te déchirera.“

Lorsque Camille crut son élève assez endoctrinée, elle vint m'ouvrir la porte, me conduisit au lit de sa soeur, et se coucha avec nous. — Que vous dirai-je de cette nuit fatale. J'y épuisai les délices et les crimes. Long tems, je combattis contre le sommeil et la nature, pour prolonger d'autant mes infernales jouissances — Enfin je m'endormis, et je m'éveillai le lendemain sous le gîbet des frères de Zoto, et couché entre leurs infames cadavres.

L'hermite interrompit ici le démoniaque et me dit: „Eh bien mon fils, que vous en semble, je crois, que „vous auriez été bien effrayé de vous trouver couché „entre deux pendus." —

Je lui répondis: „Mon père vous m'offensez. Un „gentilhomme ne doit jamais avoir peur, et moins en„core, lorsqu'il à l'honneur d'être Capitaine aux Gar„des Vallones." —

„Mais mon fils (reprit l'hermite) avez-vous jamais „ouï dire, qu'une pareille avanture soit arrivée à quel„qu'un?" —

J'hésitai un instant, après quoi je lui répondis: „Mon père, si cette avanture est arrivée, au Seigneur „Pascheco, elle peut-être arrivée à d'autres, j'en ju„gerai encore mieux si vous voulez bien lui ordonner „de continuer son histoire."

L'hermite se tourna du côté du possedé, et lui dit: „Pascheco, Pascheco! au nom de ton redempteur je „t'ordonne de continuer ton histoire — Pascheco poussa un affreux hurlement et continua en ces termes.

J'étois à demi-mort lorsque je quittai le gîbet. Je me trainai sans savoir où, Enfin je rencontrai des voyageurs qui eurent pitié de moi, et me ramenèrent à la

Venta-Quémada. J'y trouvai le cabaretier et mes gens, fort en peine de moi. Je leur demandai si mon père avoit couché à la ferme? Ils me répondirent, que personne n'étoit venu.

Je ne pus prendre sur moi de rester plus long tems à la Venta, et je repris le chemin d'Anduhhar. Je n'y arrivai qu'après le soleil couché. L'auberge étoit pleine, on me fit un lit dans la cuisine et je m'y couchai, mais je ne pus dormir, car je ne pouvois éloigner de mon ésprit les horreurs de la nuit précédente. — J'avois laissé une chandelle allumée sur le foyer de la cuisine. Tout à coup elle s'éteignit, et je sentis aussitôt comme un frisson mortel qui me glaça les veines. —

L'on tira ma couverture — puis j'entendis une petite voix qui disoit: „Je suis Camille, ta belle mère, j'ai froid „mon petit coeur — fais moi place sous ta couverture." —

Puis une autre petite voix dit: „Moi je suis Inésille. Laisse moi entrer dans ton lit. J'ai froid, j'ai froid."

Puis je sentis une main glacée qui me prenoit sous le menton. Je ramassai toutes mes forces pour dire tout haut „Satan, retire toi!" —

Alors les petites voix me dirent: „Pourquoi nous chas- „ses tu? N'es-tu pas notre petit mari? Nous avons froid. „Nous allons faire un peu de feu." —

En effet je vis bientôt après de la flamme sur l'âtre de la cuisine. — Elle devint plus claire, et j'apperçus, non plus Inésille et Camille, mais les deux frères de Zoto, pendus dans la cheminée.

Cette vision me mit hors de moi. Je sortis de mon lit. Je sautai par la fenêtre et me mis à courir dans la campagne. Un moment je pus me flatter d'avoir échappé à tant d'horreurs, mais je me retournai, et je vis que j'étois suivi par les deux pendus. — Je me mis encore à courir, et je vis que les pendus étoient restés en arrière. Mais ma joye ne fut pas de longue durée. Les détestables êtres se mirent à faire la roue, et furent en un instant sur moi. — Je courus encore, enfin mes forces m'abandonnèrent.

Alors je sentis qu'un des pendus me saissisoit par la cheville du pied gauche. Je voulus m'en débarasser, mais l'autre pendu me coupa le chemin — Il se présenta devant moi, faisant des yeux épouvantables, et tirant une langue rouge comme du fer, que l'on sortiroit du feu. — Je demandai grace, ce fut en vain. — D'une main il me saisit à la gorge et de l'autre il m'arracha l'oeil qui me manque. — A la place de mon oeil, il entra sa langue brulante. — Il m'en lécha le cerveau et me fit rugir de douleur.

Alors l'autre pendu qui m'avoit saisi la jambe gauche, voulut aussi jouer de la griffe. D'abord il commença par me chatouiller la plante du pied qu'il tenoit — Puis le monstre en arracha la peau, en sépara tous les nerfs, les mit à nud, et voulut jouer dessus comme sur un instrument de musique; mais comme je ne rendois pas un son qui lui fît plaisir, il enfonça son ergot dans mon jarret, pinça les tendons et se mit à les tordre, comme on fait pour accorder une harpe — Enfin il se mit à jouer sur ma jambe, dont il avoit fait un psalterion — J'entendis son rire diabolique — Tandis que la douleur m'arrachoit des mugissements affreux — Les hurlements de l'enfer y firent Chorus — Mais lorsque j'en vins à entendre les grincements des damnés, il me sembla, que chacune de mes fibres étoit broyée sous leurs dents. — Enfin je perdis connoissance.

Le lendemain des pâtres me trouvèrent dans la campagne, et me portèrent à cet hermitage. J'y ai confessé mes péchés, et j'ai trouvé aux pieds de la croix quelque soulagement à mes maux — Ici le Démoniaque poussa un affreux hurlement et se tut.

Alors l'hermite prit la parole et me dit: „Jeune „homme, vous voyez la puissance de satan, priez et pleu„rez. Mais il est tard. Il faut nous séparer. Je ne vous „propose pas de coucher dans ma célulle, car Pascheco „fait pendant la nuit des cris, qui pourroient vous incom„moder. Allez vous coucher dans la chapelle. Vous y se„rez sous la protection de la croix, qui triomphe des dé„mons." —

Je répondis à l'hermite, que je coucherois où il voudroit. Nous portames à la chapelle un petit lit de sangles. Je m'y couchai et l'hermite me souhaita le bon soir.

Lorsque je me trouvai seul, le récit de Pascheco me revint à l'ésprit. J'y trouvois beaucoup de conformité avec mes propres avantures, et j'y réfléchissois encore, lorsque j'entendis sonner minuit. Je ne savois pas si c'étoit l'hermite qui sonnoit, ou si j'aurois encore à faire à des revenants. Alors j'entendis gratter à ma porte. J'y allai et je demandai: „Qui va la." —

Une petite voix me répondit: „Nous avons froid, ouvrez „nous, ce sont vos petites femmes.“

„Oui dà, maudits pendus, (leur répondis-je) retournez à votre gibet et laissez moi dormir.“ —

Alors la petite voix me dit: „Tu te moques de nous, „parceque tu es dans une chapelle, mais viens un peu „dehors.“

„J'y vais à l'instant (leur répondis-je aussitôt). J'allai chercher mon épée et je voulus sortir, mais je trouvai que la porte étoit fermée. Je le dis aux revenants qui ne répondirent point. J'allai me coucher et je dormis jusqu'au jour.

TROISIEME JOURNÉE.

Je fus reveillé par l'hermite, qui parut trés content de me voir sain et sauf. Il m'embrassa, me baigna les joues de ses larmes, et me dit: „Mon fils, il s'est passé „cette nuit d'étranges choses. Dis moi vrai; as tu couché „à la Venta-Quémada? les démons se sont ils emparé de „toi? Il y a encore du remède. Viens aux pieds de l'au„tel. Confesse tes fautes. Fais pénitence.“ — L'hermite se répandit en exhortations pareilles. Puis il se tut pour attendre ma réponse. Alors je lui dis: „Mon père, je me „suis confessé, en partant de Cadix. Depuis lors je ne crois „pas avoir commis aucun péché mortel, si ce n'est peut-être „en songe. Il est véritable que j'ai couché à la Venta-Qué„mada. Mais si j'y ai vû quelque chose, j'ai de bonnes „raisons pour n'en point parler. — Cette réponse parut surprendre l'hermite. Il m'accusa d'être possedé du démon de l'orgueuil, et voulut me persuader qu'une confession générale m'étoit nécessaire, mais voyant que mon obstination étoit invincible, il quitta un peu son ton apostolique, et prenant un air plus naturel, il me dit: „Mon enfant, vo- „tre courage m'étonne. Dites moi qui vous êtes? l'éduca- „tion que vous avez reçue? et si vous croyez aux revenants, „ou bien si vous n'y croyez pas? Ne vous refusez pas à „contenter ma curiosité.

Je lui répondis: „Mon père, le désir que vous mon- „trez de me connoitre, ne peut que me faire honneur, et „je vous en suis obligé comme je le dois. Permettez que „je me lève, j'irai vous trouver à l'hermitage, où je vous „informerai de tout ce que vous voudrez savoir sur mon „compte. — L'hermite m'embrassa encore et se retira.

Lorsque je fus habillé j'allai le trouver. Il réchauffoit du lait de chèvre, qu'il me présenta avec du sucre et du pain; lui même mangea quelques racines cuites à l'eau.

Quand nous eûmes fini de déjeuner, l'hermite se tourna du coté du démoniaque, et lui dit: „Pascheco! Pascheco! „Au nom de ton redempteur je t'ordonne d'aller conduire „mes chèvres sur la montagne — Pascheco poussa un affreux hurlement et se retira — Alors je commençai mon histoire, que je lui contai en ces termes.

Histoire d'Alphonse Van-Worden.

Je suis issu d'une famille très ancienne, mais qui n'a eu que peu d'illustration et moins encore de biens. Tout notre patrimoine n'a jamais consisté qu'en un fief noble, appellé Worden, relevant du cercle de Bourgogne, et situé au milieu des Ardennes.

Mon père ayant un frère ainé, dut se contenter d'une très mince légitime, qui suffisoit cependant pour l'entretenir honorablement à l'armée. Il fit toute la guerre de succession, et à la paix, le Roi Philipe cinq lui donna le grade de Lieutenant Colonel aux Gardes-Vallones.

Il régnoit alors dans l'armée Espagnole un certain point d'honneur, poussé jusqu'à la plus excessive délicatesse; et mon père enchérissoit encore sur cet excés, et véritablement l'on ne peut l'en blâmer, puisque l'honneur est proprement l'ame et la vie d'un militaire. Il ne se faisoit pas dans Madrid un seul duel dont mon père ne réglât le cérémonial, et dès qu'il disoit que les réparations étoient suffisantes, chacun se tenoit pour satisfait. Si par hasard quelqu'un ne s'en montroit pas content, il avoit aussitôt à faire avec mon père lui même, qui ne manquoit pas de soutenir à la pointe de l'épée, la valeur de chacune de ses décisions. De plus, mon père avoit un livre blanc, dans le quel il inscrivoit l'histoire de chaque duel, avec toutes ses circonstances, ce qui lui donnoit réellement un grand avantage, pour pouvoir prononcer avec justice, dans tous les cas embarassants.

Presque uniquement occupé de son tribunal de sang, mon père s'étoit fait voir peu sensible aux charmes de l'amour, mais enfin son coeur fut touché par les attraits d'une demoiselle, encore assez jeune, appellée Uraque de Gomélez, fille de l'Oidor de Grenade, et du sang des an-

ciens Rois du pays. Des amis communs eurent bientôt rapproché les parties interessées, et le mariage fut conclu.

Mon père jugea à propos, d'inviter à sa noce, tous les gens avec qui il s'étoit battu, s'entend ceux qu'il n'avoit pas tué. Il s'en trouva cent vingt deux à table, treize absents de Madrid, et trente-trois avec qui il s'étoit battu à l'armée, dont il n'avoit pas de nouvelles. Ma mère m'a dit souvent, que cette fête avoit été extraordinairement gaye, et que l'on y avoit vû regner la plus grande cordialité, ce que je n'ai pas de peine à croire, car mon père avoit au fond un excellent coeur, et il étoit fort aimé de tout le monde.

De son côté mon père étoit très attaché à l'Espagne, et jamais il ne l'eût quittée; mais deux mois après son mariage, il reçut une lettre, signée par le magistrat de la villede Bouillon. On lui annonçoit que son frére étoit mort sans enfans, et que le fief lui étoit échu. Cette nouvelle jetta mon père dans le plus grand trouble, et ma mère m'a conté, qu'il étoit alors si distrait, que l'on ne pouvoit en tirer une parole. Enfin il ouvrit sa chronique des duels, choisit les douze hommes de Madrid qui en avoient eû le plus, les invita à se rendre chez lui, et leur tint ce discours: „Mes chers frères d'armes, vous savez assez com„bien de fois j'ai mis votre conscience en repos, dans les „cas où l'honneur sembloit compromis. Aujourd'hui je me „vois moi même obligé de m'en rapporter à vos lumières, „parce que je crains que mon propre jugement ne se trouve en „défaut, ou plutôt je crains qu'il ne soit obscurci par quelque „sentiment de partialité. Voici la lettre que m'écrivent les

„magistrats de Bouillon, dont le témoignage est respectable, „bien qu'ils ne soyent pas gentilshommes. Dites moi si l'hon-„neur m'oblige à habiter le château de mes pères, ou si „je dois continuer à servir le Roi Don Philipe, qui m'a „comblé de ses bienfaits, et qui vient dernièrement de „m'élever au rang de brigadier général. Je laisse la let-„tre sur la table et je me retire. Je reviendrai dans une „demie-heure savoir ce que vous aurez décidé.“ — Après avoir ainsi parlé, mon père sortit en effet. Il rentra au bout d'une demie-heure et alla aux voix. Il s'en trouva cinq pour rester au service, et sept pour aller vivre dans les Ardennes. Mon père se rangea sans murmure à l'avis du plus grand nombre.

Ma mère auroit bien voulû rester en Espagne, mais elle étoit si attachée à son époux, qu'il ne put même s'appercevoir de la répugnance qu'elle avoit à s'expatrier. Enfin l'on ne s'occupa plus que des préparatifs du voyage et de quelques personnes qui devoient en être, afin de représenter l'Espagne au milieu des Ardennes. Quoique je ne fusse pas encore au monde, mon père qui ne doutoit pas que j'y vinsse, songea qu'il étoit tems de me donner un maître en fait d'armes. Pour cela il jetta les yeux sur Garciaz Hierro, le meilleur prévot de salle qu'il-y-eût à Madrid. Ce jeune homme, las de recevoir tous les jours des bourades à la place de la Cévada, se détermina facilement à venir. D'un autre côté ma mère, ne voulant point partir sans un aumônier, fit choix d'Innigo Velez, Théologien gradué à Cuenza. Il devoit aussi m'instruire dans la réligion Catholique, et la langue Castillane. Tous ces arrangements pour mon éducation furent pris, un an et demi avant ma naissance.

Lorsque mon père fut prêt à partir, il alla prendre congé du Roi, et selon l'usage de la cour d'Espagne, il mit un genou en terre pour lui baiser la main; mais en le faisant il eut le coeur si serré, qu'il tomba en défaillance, et l'on fut obligé de l'emporter chez lui. Le lendemain il alla prendre congé de Dcn Fernand de Lara, alors premier ministre. Ce Seigneur le reçut avec une distinction extraordinaire et lui apprit que le Roi lui accordoit une pension de douze mille réales, avec le grade de Serhente hénéral, qui revient à celui de marechal de Camp. Mon père eût donné une partie de són sang, pour la satisfaction de se jetter encore une fois aux pieds de son maître, mais comme il avoit déjà pris congé, il se contenta d'exprimer dans une lettre, une partie des sentiments dont son coeur étoit plein. — Enfin il quitta Madrid en repandant bien des larmes.

Mon père choisit la route de Catalogne, pour revoir encore une fois, les pays où il avoit fait la guerre, et prendre congé de quelques uns de ses anciens camarades, qui avoient des commandements sur cette frontière. Ensuite il entra en France par Perpignan.

Son voyage jusqu'à Lyon ne fut troublé par aucun évènement fâcheux, mais comme il étoit parti de cette ville avec des chevaux de poste, il fut dévancé par une chaise qui étant plus légere arriva la première au relai. Mon père qui arriva un instant aprés, vit que l'on mettoit déjà les chevaux à la chaise. Aussitôt il prit son épée, et s'approchant du voyageur, il lui demanda la permission de l'entretenir un instant en particulier. Le voyageur qui étoit un colonel François, voyant à mon père un uniforme d'officier général, prit aussi son épée pour lui faire honneur. Ils entrèrent dans une auberge, qui étoit vis-à-vis de la poste et demandèrent une chambre. Lorsqu'il furent seuls, mon père dit à l'autre voyageur. „Seigneur Cavalier, votre chaise à dévancé mon carosse, pour arriver à „la poste avant moi. Ce procedé, qui en lui même n'est „point une insulte, a cependant quelque chose de désobli-„geant, dont je crois devoir vous demander raison."

Le Colonel, très surpris, rejeta toute la faute sur les postillons, et assura qu'il n'y en avoit aucune de sa part.

„Seigneur Cavalier, (reprit mon père) je ne prétens „pas non plus faire de ceci une affaire sérieuse, et je me „contenterai du premier sang. — En disant celà il tira son épée.

„Attendez encore un instant (dit le François). Il me „semble que ce ne sont point mes postillons, qui ont dé-„vancé les vôtres, mais que ce sont les vôtres, qui allant „plus lentement sont, restés en arriere." —

Mon père, après avoir un peu réfléchi, dit au Colonel: „Seigneur Cavalier, je crois que vous avez raison, et si „vous m'eûssiez fait cette observation plutôt, et avant que „j'eûsse tiré l'épée, je pense que nous ne nous serions pas „battûs, mais vous sentez bien, qu'au point où en sont les „choses, il faut un peu de sang." —

Le Colonel, qui sans doute trouva cette dernière raison assez bonne, tira aussi son épée. Le combat ne fut pas long. Mon père se sentant blessé, baissa aussitôt la pointe de son épée, et fit beaucoup d'excuses au colonel, de la peine qu'il lui avoit donnée, celui ci y répondit par des offres de services, donna l'adresse où on le trouveroit à Paris, remonta dans sa chaise et partit.

Mon père jugea d'abord sa blessure très légère, mais il en étoit si couvert qu'un nouveau coup, ne pouvoit guere porter que sur ancienne cicatrice. En effet, le coup d'épée du colonel, avoit rouvert un ancien coup de mousquet, dont la balle étoit restée. Le plomb fit de nouveaux efforts pour se faire jour, sortit enfin aprés un pansement de deux mois, et l'on se remit en route.

Mon père, étant arrivé à Paris, son premier soin fut de rendre ses devoirs au colonel, qui s'appelloit le Marquis d'Urfé. C'étoit un des hommes de la cour, dont on faisoit le plus de cas. Il reçut mon père avec une extrême obligeance, et lui offrit de le présenter au ministre ainsi que dans les meilleures maisons. Mon père le remercia, et le pria seulement de le présenter au Duc de Tavannes, qui étoit alors Doyen des Maréchaux, parcequ'il voulut être informé de tout ce qui regardoit le tribunal du point d'honneur, dont il s'étoit fait toujours les plus hautes idées, et dont il avoit souvent parlé en Espagne, comme d'une institution très sage, et qu'il auroit bien voulû voir introduire dans le royaume. Le Maréchal reçut mon père avec beaucoup de politesse et le recommanda au chevalier de Bélièvre, premier exempt de Messeigneurs les Maréchaux et rapporteur de leur tribunal.

Comme le Chevalier venoit souvent chez mon père, il eut connoissance de sa chronique des duels. Cet ouvrage lui parut unique en son genre, et il demanda la permission de le communiquer à Messeigneurs les Maréchaux, qui en jugérent comme leur premier exempt et firent demander à mon père la faveur d'en faire une copie, qui seroit gardée au Greffe de leur tribunal. Nulle proposition ne pouvoit flatter d'avantage mon père, et il en ressentit joye inexprimable.

De pareils témoignages d'éstime, rendoient le séjour de Paris très agréable à mon père, mais ma mère en jugeoit autrement. Elle s'étoit fait une loi, non seulement de ne point apprendre le françois, mais même de ne pas écouter, lorsqu'on parloit cette langue. Son confesseur Inigo Vélez, ne cessoit de faire d'amères plaisanteries sur les libertés de l'église gallicane, et Garcias Hierro terminoit toutes les conversations, par décider que les François étoient des Gavaches.

Enfin on quitta Paris, l'on arriva au bout de quatre jours à Bouillon. Mon père s'y fit reconnoitre du magistrat et alla prendre possession de son fief.

Le toit de nos pères, privé de la présence de ses maitres, l'étoit aussi d'une partie de ses thuiles, si bien qu'il pleuvoit dans les chambres, autant que dans la cour; avec la différence; que le pavé de la cour sechoit très promptement, au lieu que l'eau avoit fait dans les chambres des mares qui ne séchoient jamais. Cette inondation domestique ne déplut pas à mon père, parce qu'elle lui rappelloit le siège de Lérida, où il avoit passé trois semaines les jambes dans l'eau.

Cependant son premier soin fut de placer à sec le lit de son épouse. Il y avoit dans le salon de compagnie, une cheminée à la flamande, autour de laquelle quinze personnes pouvoient se chauffer à l'aise, et le manteau de la cheminée y formoit comme un toit soutenu par deux colonnes de chaque côté. L'on boucha le tuyeau de cette cheminée, et sous son manteau, l'on put placer le lit de ma mère, avec sa table de nuit et une chaise, et comme l'âtre étoit élevé d'un pied au-dessus, il formoit une sorte d'isle assez inabordable.

Mon père s'établit de l'autre côté du sallon, sur deux tables jointes par des planches, et de son lit à celui de ma mère on pratiqua une jetée, fortifiée dans le milieu, par une sorte de batardeau, construit de coffres et de caisses. Cet ouvrage fut achevé le jour même de notre arrivée au château, et je suis venu au monde neuf mois après, jour pour jour.

Tandis que l'on travailloit avec beaucoup d'activité aux réparations les plus nécessaires, mon père reçut une lettre qui le combla de joye. Elle étoit signée par le Maréchal de Tavannes, et ce Seigneur lui demandoit son opinion sur une affaire d'honneur, qui alors occupoit le tribunal. Cette faveur autentique parut à mon père d'une telle conséquence, qu'il la voulut célébrer, en donnant une fête à tout le voisinage — Mais nous n'avions pas de voisin, si bien que la fête se borna à un fandango, exécuté par le maî-

tre d'armes et la Signora Frasca, première cameriste de ma mère.

Mon père en répondant à la lettre du Maréchal, demanda qu'on voulût bien dans la suite, lui communiquer les extraits des procédures portées au tribunal. Cette grace lui fut accordée, et tous les premiers de chaque mois, il en recevoit un pli, qui suffisoit pendant plus de quatre semaines aux entretiens et menus devis, dans les soirées d'hiver, autour de la grande cheminée, et pendant l'été sur deux bancs, qui étoient devant la porte du château.

Pendant toute la grossesse de ma mère, mon père lui parla toujours du fils qu'elle auroit, et il songea à me donner un parrain. Ma mère penchoit pour le Maréchal de Tavannes, ou pour le Marquis d'Urfé. Mon père convenoit que ce seroit beaucoup d'honneur pour nous, mais il craignit, que ces deux Seigneurs ne crussent lui faire trop d'honneur, et par une délicatesse bien placée, il se décida pour le Chevalier de Bélièvre, qui de son côté accepta avec estime et reconnoissance.

Enfin je vins au monde; à trois ans je tenois déja un petit fleuret, et à six je pouvois tirer un coup de pistolet sans cligner les yeux... J'avois environ sept ans, lorsque nous eûmes la visite de mon parein. Ce gentil-homme s'étoit marié à Tournai et il y exerçoit la charge de Lieutenant de la connétablie et rapporteur du point d'honneur. Ce sont des emplois, dont l'institution remonte au tems des jugements par champions, et dans la suite ils ont été réunis au tribunal des maréchaux de France.

Madame de Bélièvre étoit d'une santé très délicate, et son mari la menoit aux eaux de Spa. Tous deux me prirent en une extrême affection, et comme ils n'avoient point d'enfants, ils conjurèrent mon père de leur confier mon éducation, qui aussi bien n'eût pû être soignée, dans une contrée aussi solitaire que l'étoit celle du château de Worden. Mon père y consentit, déterminé surtout par la charge de rapporteur du point d'honneur, qui lui promettoit, que dans la maison de Bélièvre je ne manquerois pas d'être imbû de bonne heure, de tous les principes qui devoient un jour déterminer ma conduite.

Il fut d'abord question de me faire accompagner par Garcias de Hierro, parce que mon père jugeoit, que la plus noble manière de se battre, étoit à l'épée et le poignard dans la main gauche. Genre d'escrime tout à fait inconnû en France. Mais comme mon père avoit pris l'habitude, de tirer tous les matins à la muraille avec Hierro, et que cet exercice étoit devenu nécessaire à sa santé, il ne crut pas devoir s'en priver.

Il fut aussi question d'envoyer avec moi le Théologien Innigo Velez, mais comme ma mère ne savoit toujours que l'Espagnol, il étoit bien naturel qu'elle ne pût se passer d'un confesseur qui sût cette langue. Si bien que je n'eus pas auprès de moi les deux hommes qui avant ma naissance avoient été destinés à faire mon éducation. Cependant on me donna un valet de chambre Espagnol, pour m'entretenir dans l'usage de la langue Espagnole.

Je partis pour Spa avec mon parrain, nous y passames deux mois, nous fimes un voyage en Hollande et nous arrivâmes à Tournai vers la fin de l'automne. Le chevalier de Bélièvre répondit parfaitement à la confiance que mon père avoit eue en lui, et pendant six ans il ne négligea rien de ce qui pouvoit contribuer à faire un jour de moi un excellent officier. Au bout de ce tems Madame *de Bélièvre vint à mourir, son mari quitta la Flandre pour venir s'établir à Paris, et je fus rappellé dans la maison paternelle.*

Après un voyage que la saison avancée rendit assez facheux, j'arrivai au château, environs deux heures après le soleil couché, et j'en trouvai les habitans rassemblés autour de la grande cheminée. Mon père, bien que charmé de me voir, ne s'abandonna point à des démonstrations qui eussent pu compromettre ce que vous autres Espagnols appellez la Gravedad. Ma mère me baigna de ses larmes. Le Théologien Innigo Velez, me donna sa bénédiction, et le Spadassin Hierro, me présenta un fleuret. Nous fimes un assaut dont je me tirai d'une manière au dessus de mon âge. Mon père étoit trop connoisseur pour ne pas s'en appercevoir, et sa gravité fit place à la plus vive tendresse. On servit à souper et l'on y fut très gai.

Après souper l'on se remit autour de la chéminée, et mon père dit au Théologien: „Révérend Don Innigo, vous „me feriez plaisir d'aller chercher votre gros volume dans „lequel il y a tant d'histoires merveilleuses, et de nous en „lire quelqu'une." — Le Théologien monta dans sa chambre, et en revint avec un in-folio, relié en parchemin blanc, que le tems avoit rendu jaune. Il l'ouvrit au hasard et y lut ce qui suit.

Histoire de Trivulce de Ravenne.

Il y avoit une fois dans une ville d'Italie appellée Ravenne, un jeune homme appellé Trivulce. Il étoit beau, riche, et rempli d'une haute opinion de lui même. Les jeunes filles de Ravenne se mettoient aux fenêtres, pour le voir passer, mais aucune ne lui plaisoit. Ou s'il prenoit quelque fois un peu de gout pour l'une ou pour l'autre, il ne le lui témoignoit pas, dans la crainte de lui faire trop d'honneur, enfin tout cet orgueuil ne put tenir contre les charmes de la jeune et belle Nina Dei-Gieraci. Trivulce daigna lui déclarer son amour. Nina répondit, que le Seigneur Trivulce lui faisoit bien de l'honneur, mais que depuis son enfance elle aimoit son cousin Thebaldo Dei Gieraci, et que sûrement elle n'aimeroit jamais que lui — A cette réponse inattendue, Trivulce sortit en donnant des marques de la plus extrème fureur.

Huit jours après qui étoit un dimanche, comme tous les citoyens de Ravenne alloient à l'eglise métropolitaine de Saint Pierre, Trivulce distingua dans la foule, Thebaldo donnant le bras à sa cousine. Il mit son manteau sur son nez et les suivit. Lorsque l'on fut entré dans l'église; où il n'est point permis de cacher son visage dans son manteau, les deux amants se seroient facilement apperçus que Trivulce les suivoit, mais ils n'étoient occupés que de leur amour, et ils y songeoient plus qu'à la messe, ce qui est un grand péché.

Cependant Trivulce s'étoit assis dans un banc derrière eux. Il entendoit tous leurs discours et il en nourrissoit sa rage. Alors un prêtre monta en chaire et dit:

„Mes frères, je suis ici pour publier les bands de Thèbaldo „et de Nina Dei-Gieraci, quelqu'un fait-il opposition à leur „mariage?"

„J'y fais opposition! (s'écria Trivulce) et en même tems il donna vingt coups de poignard aux deux amants. — On voulut l'arrêter, mais il donna encore des coups de poignard, sortit de l'église, puis de la ville et gagna l'état de Venise.

Trivulce ètoit orgueilleux, gâté par la fortune, mais son ame ètoit sensible. Les remords vengèrent ses victimes, et il traina de ville en ville une existence dèplorable. Au bout de quelques annèes ses parents arrangèrent son affaire, et il revint à Ravenne, mais ce n'ètoit plus ce même Trivulce, rayonnant de bonheur et fier de ses avantages. Il ètoit si changè, que sa nourrice elle même ne le reconnut point.

Dès le premier jour de son arrivèe, Trivulce demanda où ètoit le tombeau de Nina? on lui dit, qu'elle ètoit enterrèe avec son cousin dans l'èglise de Saint-Pierre. Tout auprès de la place où ils avoient ètè assassinès. Trivulce y alla en tremblant, et lorsqu'il fut ~~auprès du~~ tombeau, il l'embrassa et versa un torrent de larmes.

Quelque fut la douleur qu'èprouva dans ce moment le malheureux assassin, il sentit que les pleurs l'avoient soulagè. C'est pourquoi il donna sa bourse au sacristain, et obtint de lui, de pouvoir entrer dans l'èglise toutes les fois qu'il le voudroit. Si bien qu'il finit par y venir tous les soirs, et le sacristain qui s'y ètoit accoutumè, y faisoit peu d'attention.

Un soir Trivulce, qui n'avoit pas dormi la nuit précédente, s'endormit auprès du tombeau, et lorsqu'il se reveilla, il trouva que l'église étoit fermée. Il prit aisement le parti d'y passer la nuit, parce qu'il aimoit à entretenir sa tristesse et nourrir sa mélancolie. Il entendoit successivement sonner les heures, et il auroit voulu être à celle de sa mort.

Enfin minuit sonna. Alors la porte de la sacristie s'ouvrit, et Trivulce vit entrer le sacristain, tenant sa lanterne dans une main et un balai dans l'autre — Mais ce sacristain n'étoit qu'un squelette. Il avoit un peu de peau sur le visage, et comme des yeux fort creux, mais son surplis qui colloit sur ses os, faisoit assez voir qu'il n'avoit pas de chair du tout.

L'affreux sacristain posa sa lanterne sur le maitre autel et alluma les cierges comme pour vêpres. Ensuite il se mit à balayer l'église et epousseter les bancs. Il passa même plusieurs fois près de Trivulce, mais il ne parut point l'appercevoir.

Enfin il alla là la porte de la Sacristie et sonna la petite cloche qui y est toujours. — Alors les tombeaux s'ouvrirent, les morts y parurent enveloppés de leurs linceuils, et entonnèrent des lithanies sur un ton fort mélancolique.

Après qu'ils eurent ainsi psalmodié pendant quelque tems, un mort revêtu d'un surplis et d'une etole, monta sur la chaire et dit: „Mes frères, je suis ici pour publier „les bands de Thébaldo et de Nina Dei Gieraci, damné Trivulce, y faites vous opposition?

Mon père interrompit ici le Théologien, et se tournant vers moi, il me dit: „Mon fils Alphonse, à la „place de Trivulce, auriez vous eu peur?“

Je lui répondis: „Mon cher père, il me semble que „j'aurois eu grand peur.“

Alors mon père se leva furieux, sauta sur son épée et voulut me la passer au travers du corps. On se mit au devant de lui, et enfin on l'appaisa un peu. Cependant lorsqu'il eut repris sa place, il me lança un regard terrible et me dit: Fils indigne de moi, ta lâcheté „deshonore en quelque façon le régiment des Gardes „Vallones, ou j'avois intention de te faire entrer.“

Après ces durs reproches, qui manquèrent à me faire mourir de honte, il se fit un grand silence. Garcias le rompit le premier et s'adressant à mon père, il lui dit: „Monseigneur, si j'osois dire mon avis à vo„tre Excellence, ce seroit de prouver à Monsieur vo„tre fils, qu'il n'y à point de revenants, ni de spectres, „ni de morts qui chantent des lithanies, et qu'il ne peut „y en avoir. De cette manière là, il n'en n'auroit „surement pas peur.“

„Monsieur Hierro, (répondit mon père, avec un peu d'aigreur) vous oubliez que j'ai eu l'honneur de „vous montrer hier une histoire de revenants, écrite „de la propre main de mon bisaïeul.“

„Monseigneur (réprit Garciaz) je ne donne pas un „démenti au Bisaïeul de votre Excellence.“

„Qu'apellez vous, (dit mon père) je ne donne pas „un démenti? Savez vous que cette expression suppose

„la possibilité d'un démenti, donné par vous à mon „bisaïeul."

„Monseigneur, (dit encore Garciaz) je sais bien que „je suis trop peu de chose, pour que Monseigneur vo„tre bisaïeul voulut tirer aucune satisfaction de moi."

Alors mon père, prenant un air encore plus terrible, dit: „Hierro, que le ciel vous preserve de faire „des excuses, car elles supposeroient une offense."

„Enfin (dit Garciaz) il ne me reste plus qu'à me „soumettre au châtiment, qu'il plaira à votre Excel„lence de m'infliger au nom de son bisaïeul, seulement „pour l'honneur de ma profession je voudrois que cette pei„ne me fut administrée par notre Aumonier, pour que „je pusse la considérer comme pénitence écclésiastique."

„Cette idée n'est point mauvaise, (dit alors mon père, d'un ton plus tranquille). „Je me rappelle avoir „écrit autrefois un petit traité, sur les satisfactions „admissibles dans les cas où le duel ne pouvoit avoir „lieu. Laissez moi y réflichir.

Mon père parut d'abord s'occuper de cet objet, mais de reflexions en reflexions il finit par s'endormir dans son fauteuil. Ma mère dormoit déjà, ainsi que le Théologien, et Garciaz ne tarda pas à suivre leur exemple. Alors je crus devoir me retirer, et c'est ainsi que s'est passée la première journée de mon retour à la maison paternelle.

Le lendemain je fis des armes avec Garciaz. J'allai à la chasse. On soupa, et lorsqu'on fut levé de table, mon père pria encore le Théologien, d'aller chercher son gros *volume. Le révérend obeit, l'ouvrit au hasard, et lut ce que je vais raconter.*

Histoire de Landulphe de Ferare.

Dans une ville d'Italie appellée Ferare, il y avoit un jeune homme appellé Landulphe. C'étoit un libertin sans religion, et en horreur à toutes les bonnes ames, qu'il y avoit dans ce pays. Ce méchant aimoit passionnément le commerce des courtisannes, et il avoit fait le tour de toutes celles de la ville, mais aucune ne lui plut autant que Blanca de Rossi, parce qu'elle surpassoit toutes les autres en impureté.

Blanca étoit non seulement libertine interessée, dépravée, mais elle vouloit encore que ses amants fissent pour elle des actions qui les déshonoroient, et elle exigea de Landulphe, qu'il la conduisit tous les soirs chez lui, et la fit souper avec sa mère et sa soeur. Landulphe alla aussitôt chez sa mère et lui en fit la proposition, comme de la chose du monde la plus convenable. La bonne mère fondit en larmes, et conjura son fils d'avoir égard à la reputation de sa soeur. Landulphe fut sourd à ses prières et promit seulement de tenir la chose aussi secrète qu'il pourroit, puis il alla chez Blanca et la conduisit chez lui.

La mère et la soeur de Landulphe reçurent la courtisanne mieux qu'elle ne méritoit. Mais celle-ci voyant leur bonté en redoubla d'insolence, elle tint à souper des propos très libres, et donna à la soeur de son amant des leçons dont elle se seroit bien passée. Enfin elle lui signi-

fia ainsi qu'à sa mère, qu'elles feroient bien de s'en aller, parce qu'elle vouloit rester seule avec Landulphe.

Le lendemain la courtisanne raconta cette histoire dans toute la ville, et pendant plusieurs jours on ne parla pas d'autre chose. Si bien que le bruit public en informa bientôt Odoardo Zampi, frère de la mère de Landulphe. Odoardo étoit un homme que l'on n'offensoit point impunément. Il crut l'être dans la personne de sa soeur, et fit dès le jour même assassiner l'infame Blanca. Landulphe étant allé voir sa maitresse, la trouva poignardée et nageant dans son sang. Il apprit bientôt que c'étoit son oncle, qui avoit fait le coup, il courut chez lui, pour l'en punir, mais il le trouva environné de plus braves de la ville, qui se moquèrent de son ressentiment.

Landulphe ne sachant sur qui exercer sa fureur, courut chez sa mère, avec l'intention de l'accabler d'outrages. La pauvre femme étoit avec sa fille, et alloit se mettre à table. Lorsqu'elle vit entrer son fils, elle lui demanda si Blanca viendroit souper.

„Puisse-t-elle venir (dit Landulphe) et te mener en „enfer, avec ton frère et toute ta famille des Zampi.

La pauvre mère tomba à genoux et dit: „Oh mon „Dieu, pardonnez-lui ses blasphèmes.“

Dans ce moment la porte s'ouvrit avec fracas, et l'on vit entrer un spectre hâve, déchiré de coups de poignards, et conservant néanmoins avec Blanca une affreuse ressemblance.

La mère et la soeur de Landulphe se mirent en prière, et Dieu leur fit la grace, de pouvoir soutenir ce spectacle sans expirer d'horreur

Le fantôme s'avança à pas lents et s'assit à table comme pour souper. Landulphe, avec un courage que le démon seul pouvoit inspirer, osa prendre un plat et l'offrir. Le fantôme ouvrit une bouche si grande, que sa tête parut se partager en deux, etil en sortit une flamme rougeâtre. Ensuite il avança une main toute brulée, prit un morçeau, l'avala, et on l'entendit tomber sous la table. Il engloutit ainsi tout le plat, et tous les morçeaux tombèrent sous la table. Lorsque le plat fut vide. Le fantôme fixant Landulphe avec des yeux épouvantables, lui dit: „Landulphe, „quand je soupe ici, j'y couche. Allons, mets toi au lit."

Ici, mon père, interrompit l'Aumonier et se tournant de mon côté, il me dit: „Mon fils Alphonse, à „la place de Landulphe auriez vous eu peur?"

Je lui répondis: „Mon cher père, je vous assure „que je n'aurois pas eu la plus légère frayeur." — Mon père parut satisfait de cette réponse et fut très gai pendant tout le reste de la veillée.

Nos jours se passoient ainsi sans que rien en altéra l'uniformité. Si ce n'est que dans la belle saison, au lieu de se mettre autour de la chemine, on s'assayoit sur des bancs qui étoient près de la porte. Six ans entiers se sont écoulé dans cette douce tranquillité, et à present il me semble que ce soyent autant de semaines.

Lorsque j'eus achevé ma dix-septième année, mon père songea à me faire entrer au régiment des gardes vallones, et en écrivit à ceux de ses anciens camarades, sur les quels il comptoit le plus. Ces dignes et respectables militaires réunirent en ma faveur, tout ce qu'ils avoient de crédit, et obtinrent une commission de capitaine. Quand mon père en reçut la nouvelle, il éprouva un saisissement si vif, que l'on craignit pour ses jours. Mais il se rétablit promptement et ne songea plus qu'aux préparatifs de mon départ. Il voulut que j'allasse par mer, afin d'entrer en Espagne par Cadix, et me présenter d'abord à Don Henri de Sa, commandant de la province, et qui avoit le plus contribué à mon avancement.

Lorsque la chaise de poste fut déjà toute attelée dans la cour du château, mon père me conduisit dans sa chambre, et après en avoir fermé la porte, il me dit: „Mon cher Alphonse, je vais vous confier un secret, que je tiens de mon „père, et que vous ne confierez qu'à votre fils, lorsque vous „l'en croirez digne."

Comme je ne doutois pas qu'il ne s'agit de quelque trésor caché, je repondis, que je n'avois jamais regardé l'or, que comme un moyen de venir au secours des malheureux.

Mais mon père me répondit: „Non, mon cher Alphonse, „il ne s'agit ici ni d'or ni d'argent. Je veux vous enseigner une botte secrète, avec laquelle, en parant au contre „et marquant la flanconade, vous êtes sur de desarmer votre „ennemi." — Alors il prit des fleurets, me montra la botte en question, me donna sa bénédiction et me conduisit à ma voiture. Je baisai encore la main de ma mère, et je partis.

J'allai en poste jusqu'à Flessingue, où je trouvai un vaisseau, qui me porta à Cadix. Don Henri de Sa me re-

çut comme si j'eusse été son propre fils, il s'occupa de mon équipage et me recommanda deux domestiques dont l'un s'appelloit Lopez et l'autre Moschito. De Cadix j'ai été à Séville, et de Séville à Cordoue, puis je suis venu à Anduhhar, où j'ai pris le chemin de la Sierra Morena. J'ai eu le malheur d'être séparé de mes domestiques près de l'abreuvoir de Los Alcornoques. Cependant je suis arrivé le même jour à la Venta-Quemada, et hier au soir dans votre hermitage.

„Mon cher enfant, (me dit l'hermite) votre histoire m'a vivement interessé, et je vous suis très obligé d'avoir „bien voulu me la raconter. Je vois bien à present, que „de la maniere dont vous avez été élevé, la peur est un „sentiment qui vous doit être tout à fait étranger. Mais „puisque vous avez couché à la Venta-Quemada, je crains „bien que vous ne soyez exposé, aux obsessions des deux „pendus, et que vous n'ayez le triste sort du demoniaque.

„Mon père, (répondis-je à l'Annachorète) j'ai beaucoup „réflechi cette nuit au récit du Seigneur Pascheco. Bien „qu'il ait le diable au corps, il n'en n'est pas moins gen- „tilhomme, et à ce titre je le crois incapable de manquer „à ce que l'on doit à la verité. Mais Inigo Velez, aumo- „nier de notre château m'a dit, que bien qu'il y ait eu „des possedés dans les premiers siècles de l'église, il n'y „en n'avoit plus à present, et son témoignage me paroit „d'autant plus respectable, que mon père m'a ordonné de „croire Innigo sur toutes les matières qui ont rapport à no- „tre réligion.“

„Mais (dit l'hermite) n'avez vous pas vu la mine af-

„freuse du possedè et comme les dèmons l'ont rendu „borgne?"

Je lui rèpondis: „Mon père, le Seigneur Pascheco „peut avoir perdu l'oeil d'une autre manière. Au reste je „m'en rapporte sur toutes ces choses à ceux qui en savent „plus que moi. Il me suffit de n'avoir peur ni des reve-„nants, ni des vampires. Cependant si vous voulez me „donner quelque sainte rèlique, pour me prèserver de leurs „entreprises. Je vous promets de la porter avec foi et „vènèration."

L'hermite me parut sourire un peu de cette naïvetè, puis il me dit: „Je vois, mon cher enfant, que vous avez „encore de la foi, mais je crains que vous n'y persistiez „pas. Ces Gomèlez de qui vous descendez par les femmes, „sont tous nouveaux chrètiens. Quelques uns même sont, à „ce que l'on dit Musulmans au fond du coeur. S'ils vous „offroient une fortune immense pour changer de rèligion, „l'accepteriez vous?"

„Non assurement (lui rèpondis-je), il me semble, que de „rènoncer à sa rèligion, ou d'abandonner ses drapaux, sont „deux choses ègalement deshonorantes."

Ici l'hermite parut encore sourire, puis il me dit: „Je „vois avec chagrin, que vos vertus reposent sur un point „d'honneur, beaucoup trop exagèrè, et je vous avertis que „vous ne trouverez plus Madrid aussi fèraillant qu'il ètoit „au tems de votre père. De plus les vertus ont d'autres „principes plus surs. Mais je ne veux pas vous arrêter da-„vantage, car vous avez une forte journèe à faire avant

„que d'arriver à la venta del Pegnon, ou cabaret du ro-„cher. L'hôte y est resté, en dépit des voleurs, parce qu'il „compte sur la protection d'une bande de Bohèmiens, cam-„pés dans les environs. Après-demain vous arriverez à la „Venta de Cardegnas, où vous serez déjà hors de la Sierra-„Moréna. J'ai mis quelques provisions dans les poches de „votre selle — Ayant dit ces choses, l'hermite m'embrassa tendrement, mais il ne me donna point de rélique, pour me préserver de démons. Je ne voulus plus lui en parler et je montai à cheval.

Chemin faisant, je me mis à réfléchir sur les maximes que je venois d'entendre, ne pouvant concevoir, qu'il y eût pour les vertus des bases plus solides, que le point d'honneur, qui me sembloit comprendre, à lui seul, toutes les vertus. J'étois encore occupé de ces réflexions, lorsqu'un cavalier, sortant tout à coup de derrière un rocher, me coupa le chemin et me dit: „Vous appellez-vous Alphonse?“ — Je repondis qu'oui.

„Si cela est (dit le cavalier) je vous arrète, de la part „du Roi et de la très sainte inquisition. Rendez moi votre „épée. — J'obéis sans réplique. Alors le cavalier donna un coup de siflet et de tous les côtés je vis des gens armés fondre sur moi. Ils m'attachérent les mains derrière le dos, et nous prîmes dans les montagnes un chemin de traverse, qui au bout d'une heure nous conduisit à un château très fort. Le pont-levis se baissa et nous entrames. Comme nous étions encore sous le dongeon, l'on ouvrit une petite porte de côté, et l'on me jetta dans un cachot, sans se don-

ner seulement la peine de défaire les liens qui me tenoient garoté.

Le cachot étoit tout-à-fait obscur, et n'ayant pas les mains libres pour les mettre devant moi, j'aurois eu de la peine à y marcher, sans donner du nez contre les murailles. C'est pourquoi je m'assis à la place où je me trouvois, et comme on l'imagine aisément, je me mis à refléchir, sur ce qui pouvoit avoir donné lieu à mon emprisonnement. Ma première, et ma seule idée fut que l'inquisition s'étoit emparée de mes belles cousines, et que les négresses avoient dit tout ce qui s'étoit passé à la Venta-Quémada. Dans la supposition que je fusse interrogé sur le compte des belles Africaines, je n'avois que le choix, ou de les trahir et de manquer à ma parole d'honneur, ou de nier que je les connusse, ce qui m'auroit embarqué dans une suite de honteux mensonges. Après m'être un peu consulté sur le parti que j'avois à prendre, je me décidai pour le silence le plus absolu, et je pris une ferme résolution de ne rien répondre à tous les interrogatoires.

Ce doute une fois éclairci dans mon esprit, je me mis à rêver aux évènemens de deux jours précédents. Je ne doutai pas, que mes cousines ne fussent des femmes en chair et en os. J'en étois averti par je ne sais quel sentiment, plus fort que tout ce qu'on m'avoit dit sur la puissance des démons. Quant au tour que l'on m'avoit joué, de me mettre sous la potence, j'en étoit fort indigné.

Cependant les heures se passoient. Je commençai d'avoir faim, et comme j'avois entendu dire, que les cachots étoient quelque fois garnis de pain et d'une cruche d'eau, je me mis à chercher avec les jambes et les pieds, si je ne trouverois pas quelque chose de semblable. Effectivement je sentis bientôt uncorps étranger, qui se trouva être la moitié d'un pain. La difficulté étoit de la porter à ma bouche. Je me couchai à côté du pain, et je voulus le saisir avec les dents, mais il m'échappoit et glissoit, faute de résistance. Je le poussai tant, que je l'appuyai contre le mur, alors je pus manger, parce que le pain étoit coupé par le milieu. S'il avoit été entier, je n'auroit pu y mordre. Je trouvai aussi une cruche, mais il me fut impossible de boire. A peine avois-je humecté mon gosier, que toute l'eau se versa. Je poussai plus loin mes recherches, je trouvai de la paille dans un coin, et je m'y couchai. Mes mains étoient artistement nouées, c'est-à-dire très fort, mais sans me faire du mal. Si bien que je n'eus pas de peine à m'endormir.

QUATRIEME JOURNÉE.

Il me semble que j'avois dormi plusieurs heures, lorsque l'on vint me reveiller. — Je vis entrer un moine de saint Dominique, suivi de plusieurs hommes de très mauvaise mine. Quelques uns portoient des flambaux, d'autres des instruments qui m'étoient tout-à-fait inconnus, et que je jugeai dévoir servir à des tortures. Je me rappellai mes résolutions et je m'y raffermis. Je songeai à mon père. Il n'avoit jamais eu la torture; Mais n'avoit il pas souffert entre les mains des chirurgiens mille opérations douloureuses. Je savois qu'il les avoit soufferts sans proférer une seule plainte. Je résolus de l'imiter, de ne pas *proférer une parole, et s'il étoit possible, de ne pas laisser échapper un soupir. L'inquisiteur se fit donner un fauteuil, s'assit auprès de moi, prit un air doux et patelin, et me tint à-peu-près ce discours: „Mon cher, mon doux enfant, „rends graces au ciel qui t'a conduit dans ce cachot. Mais „dis moi, pourquoi y es tu? Quelles fautes a tu commises. „Confesse toi, répans tes larmes dans mon sein. — Tu ne „me réponds pas? Hélas mon enfant, tu a tort. — Nous „n'interrogeons point, c'est notre méthode. Nous laissons „au coupable le soin de s'accuser lui même. Cette confes- „sion quoiqu'un peu forcée, n'est pas sans quelque mérite, „surtout lorsque le coupable dénonce ses complices. Tu „ne réponds pas? Tant pis pour toi. — Allons, il faut te met- „tre sur les voyes. Connois-tu deux princesses de Tunis? „ou plutôt deux infâmes sorcières, vampires éxécrables, et „démons incarnés? — Tu ne dis rien. Que l'on fasse venir „ces deux Infantes de la cour de lucifer.*

Ici l'on amena mes deux cousines, qui avoient comme moi les mains liées derriere le dos. Puis l'inquisiteur continua en ces termes: „Et bien, mon cher fils, les réconnois „tu? Tu ne dis rien encore. — Mon cher fils, ne t'effraye „point de ce que je vais te dire — On va te faire un peu „de mal. Tu vois ces deux planches. On y mettra tes „jambes, on les serrera avec une corde. Ensuite on mettra „entre tes jambes les coins que tu vois ici, et on les enfon- „cera à coup de marteau. D'abord tes pieds enfleront. — „Ensuite le sang j'aillira de tes orteils, et les ongles des „autres doigts tomberont tous. Ensuite la plante de tes „pieds crevera, et l'on en verra sortir une graisse, mêlée de „chairs écrasées — Cela te fera beaucoup de mal. — Tu

„ne réponds rien; aussi tout cela n'est-il encore que la question ordinaire. — Cependant tu t'évanouiras. Voici des „flacons, remplis de divers esprits, avec lesquels on te fera „revenir — Lorsque tu auras repris tes sens, on ôtera ces „coins, et l'on mettra ceux-ci, qui sont beaucoup plus „gros — Au premier coup, tes genoux et tes chevilles se „briseront. Au second, tes jambes se fendront dans leur „longueur. La moëlle en sortira et coulera sur cette paille, „mêlée avec ton sang. — tu ne veux pas parler? — allons qu'on „lui serre les pouces. (Les bourreaux prirent mes jambes et les attachèrent entre les planches).

„Tu ne veut pas parler? — placez les coins. — Tu ne veux „pas parler? — Levez les marteaux . . . .

En ce moment on entendit une décharge d'armes à feu. Emina s'écria: „O! Mahomet, nous sommes sauvés. Zoto „est venu à notre secours. — Zoto entra avec sa troupe, mit les bourreaux à la porte, et attacha l'inquisiteur à un anneau, qu'il y avoit dans la muraille du cachot. Puis il nous dégarotta, les deux Moresques et moi. Le premier usage qu'elles firent de la liberté de leurs bras, fut de se jetter dans les miens. On nous sépara, Zoto me dit: de monter à cheval et de prendre les devants, m'assurant qu'il suivroit bientôt avec les deux dames.

L'avant garde, avec laquelle je partis, étoit de quatre cavaliers. A la pointe du jour, nous arrivâmes en un lieu fort désert, où nous trouvâmes un relais. Ensuite nous suivîmes de hauts sommets, et des crêtes de montagnes chenues.

Vers les quatre heures nous arrivâmes à de certains creux de rocher, où nous devions passer la nuit; mais je me félicitai bien, d'y être venu pendant qu'il faisoit encore jour, car la vue en étoit admirable, et devoit surtout me paroitre telle à moi, qui n'avois vu que les Ardennes et la Zelande. J'avois à mes pieds cette belle Vega de Granada, que les Grénadins appellent, par contre vérité, l a Nu e-s t r a V e g i l l a. Je la voyois toute entière avec ses six villes, ses quarante villages. Le cours tortueux du Hénil, les torrents qui se précipitoient du haut des Alpuharras, des bosquets, de frais ombrages, des édifices, des jardins et une immense quantité de Quintas, ou métayries. Charmé de voir que mon oeil pouvoit à la fois embrasser tant de beaux objets, je m'abandonnai à la contemplation. Je sentis que je devenois amant de la nature. J'oubliai mes cousines, cependant elles arrivèrent bientôt dans des litières, portées sur des chevaux. Elles prirent place sur des carreaux dans la grotte, et lorsqu'elles furent un peu reposées, je leur dis: „Mesdames, je ne me plains point de la „nuit que j'ai passée à la Venta-Quémada, mais je vous „avoue, qu'elle à fini d'une manière qui m'a infiniment déplu.

Emina me répondit: „Mon Alphonse, ne nous accusez, que de la belle partie de vos songes. Mais de quoi vous „plaignez vous? N'avez-vous pas eu une occasion de faire „preuve d'un courage plus qu'humain?“

„Comment (lui répondis-je) quelqu'un douteroit-il de „mon courage? Si je savois le trouver, je me battrois avec „lui, sur un manteau ou le mouchoir en bouche.

„Emina me répondit: „Je ne sais ce que vous voulez

„dire avec votre mouchoir et votre manteau. Il y à des „choses que je ne puis vous dire. Il y en à que je ne sais „pas moi même. Je ne fais rien que par les ordres du „chef de notre famille, successeur du Scheïk Massoud, et „qui sait tout le secret du Kassar Gomélez. Tout ce que „je puis vous dire c'est, que vous ètes notre très proche pa- „rent. L'Oidor de Grénade, père de votre mère, avoit „eu un fils qui fut trouvé digne d'être innitié. Il em- „brassa la réligion Musulmane, et épousa les quatre filles „du Dey de Tunis alors régnant. La cadette seule eut „des enfants et elle est notre mère. Peu de tems après la „naissance de Zibeddé, mon père et ses trois autres fem- „mes moururent dans une contagion, qui, à cette époque, „désola toute la côté de Barbarie . . . . mais laissons là „toutes ces choses que peut-être vous saurez un jour. Par- „lons de vous, de la reconnoissance que nous vous devons, „où plutôt de notre admiration pour vos vertus. Avec „quelle indifférence vous avez regardé les apprêts du supplice. „Quel respect réligieux pour votre parole. Oui Alphonse, „vous surpassez tous les héros de notre race, et nous som- „mes devénues votre bien."

Zibeddé, qui laissoit volontièrs parler sa soeur, lorsque la conversation étoit serieuse, reprenoit ses droits, lorsqu'el- le prenoit le ton du sentiment. Enfin, je fus flatté, caressé, content de moi même et des autres. Puis arrivèrent les négresses, on donna le souper, et Zoto nous servit lui même, avec les marques du plus profond respect. Ensuite les négresses firent pour mes cousines un assez bon lit, dans une espèce de grotte. J'allai me coucher dans une au- tre, et nous goutâmes tous un repos, dont nous avions besoin.

Cinquieme Journée.

Le lendemain la caravanne fut sur pied de bonne heure. Nous descendîmes les montagnes et tournâmes dans de creux vallons, ou plutôt dans des précipices, qui sembloient atteindre aux entrailles de la terre. Ils coupoient la chaine des monts, sur tant des directions différentes, qu'il étoit impossible de s'y orienter, ni de savoir de quel côté l'on alloit.

Nous marchâmes ainsi pendant six heures, et nous arrivâmes aux ruines d'une ville abandonnée et déserte. Là Zoto nous fit mettre pied à terre, et me conduisant à un puits, il me dit: „Seigneur Alphonse, faites moi la grace „de regarder dans ce puits et de me dire ce que vous en „pensez."

Je lui répondis, que j'y voyois de l'eau, et que je pensois que c'étoit un puits.

„Et bien, (reprit Zoto) vous vous trompez, car c'est „l'entrée de mon palais. — Ayant ainsi parlé, il mit la tête dans le puits, et cria d'une certaine manière. Alors je vis d'abord des planches, qui sortirent d'un côté du puits, et qui furent posée à quelques pieds au-dessus de l'eau. Ensuite un homme armé sortit de la même ouverture et puis un autre. Ils grimpèrent hors du puits, et lorsqu'ils furent dehors, Zoto me dit: „Seigneur Alphonse, j'ai l'honneur „de vous présenter mes deux frères Cicio et Momo. Vous „avez peut-être vu leurs corps, attachés à une certaine potence, mais ils ne s'en portent pas moins bien, et vous „seront toujours dévoués, étant, ainsi que moi, au service

„et à la solde du grand Scheïk des Gomelez — Je lui répondis, que j'étois charmé de voir les frères d'un homme qui sembloit m'avoir rendu un service important.

Il fallut se résoudre à descendre dans le puits. On apporta une échelle de corde, dont les deux soeurs se servirent, avec plus d'aisance que je ne l'avois espéré. Je descendis après elles. Lorsque nous fumes arrivés aux planches, nous trouvames une petite porte latérale, où l'on ne pouvoit passer qu'en se baissant beaucoup. Mais tout de suite après, nous nous trouvâmes sur un bel escalier, taillé dans le roc, éclairé par des lampes. Nous descendîmes plus de deux cent marches. Enfin nous entrâmes dans une demeure souteraine, composée d'une quantité de salles et de chambres. Les pièces que l'on habitoit, étoient tapissées en liége. Ce qui les garantissoit de l'humidité. J'ai vu depuis à Cintra, près de Lisbonne, un couvent, taillé dans le roc, dont les celules étoient ainsi tapissées, et que l'on appelle, à cause de cela, le couvent de liège. — De plus, de bons feux, bien disposés, donnoient une température très agréable au souterrain de Zoto. Les chevaux qui servoient à sa cavallerie étoient dispersés dans les environs. Cependant, en un besoin, on pouvoit aussi les retirer dans le sein de la terre, par une ouverture, qui donnoit sur un vallon voisin, et il y avoit une machine, faite exprès pour les hisser, mais on s'en servoit rarement.

„Toutes ces merveilles (me dit Emina) sont l'ouvrage „des Gomélez. Ils creusèrent ce rocher dans le tems qu'ils „étoient les maîtres du pays, c'est-à-dire qu'ils achevèrent de le creuser, car les idolâtres, qui habitoient les Al-

„puharras à leur arrivée, en avoient déjà fort avancé le „travail. Les savants pretendent, qu'en ce lieu même, étoient „les mines d'or natif de la Betique, et d'anciennes prophe- „ties anoncent que toute la contrée doit retourner un jour „au pouvoir des Gomélez. Qu'en dites vous Alphonse, ce „seroit un joli patrimoine? —

Ce discours d'Emina me parut très déplacé, je le lui temoignai, puis changeant de propos je lui demandai quels étoient ses projets pour l'avenir?

Emina me répondit, qu'après ce qui s'étoit passé, elles ne pouvoit plus rester en Espagne, mais qu'elles vouloient se reposer un peu jusqu'à ce que l'on eut préparé leur embarquement.

On nous donna un diné très abondant, surtout en venaison, et beaucoup de confitures sèches. Les trois frères nous servoient avec le plus grand empressement. J'observai à mes cousines, qu'il étoit impossible de trouver des pendus plus honnêtes, Emina en convint, et s'adressant à Zoto, elle lui dit: „Vous et vos frères, vous devez avoir „eu des avantures bien étranges, vous nous feriez beaucoup „de plaisir de nous les raconter.

Zoto, après s'être fait un peu presser, prit place auprès de nous, et commença en ces termes.

Histoire de Zoto.

Je suis né dans la ville de Bénévent, capitale du duché de ce nom. Mon père, qui s'appelloit Zoto comme moi, étoit un armurier, habile dans sa profession. Mais comme il y en avoit deux autres dans la ville, qui avoient même plus de réputation, son état ne suffisoit qu'à peine à l'en-

tretenir avec sa femme et ses trois enfans, à savoir mes deux frères et moi.

Trois ans après que mon père se fut marié, une soeur cadette de ma mère épousa un marchand d'huile, appellé Lunardo, qui lui donna pour présens de noces, des boucles d'oreilles en or, avec une chaîne du même métal, à mettre autour du cou. Ma mère, en revenant de la noce, parut plongée dans une sombre mélancolie. Son mari voulut en savoir le motif, elle se défendit long tems de le lui dire, enfin elle lui avoua qu'elle se mourroit d'envie d'avoir des pendants d'oreilles et un collier comme sa soeur. Mon père ne répondit rien. Il avoit un fusil de chasse, du plus beau travail, avec les pistolets de même façon, ainsi que le couteau de chasse. Le fusil tiroit quatre coups sans être rechargé. Mon père y avoit travaillé quatre ans. Il l'estimoit trois cent onces d'or de Naples. Il alla chez un amateur, vendit toute la garniture pour quatre vingt onces. Puis il alla acheter des bijoux tels que sa femme en avoit desiré, et les lui apporta. Ma mère alla dès le même jour les montrer à la femme de Lunardo, et même ses boucles d'oreille furent trouvées un peu plus riches que celles de sa soeur, ce qui lui fit un extrême plaisir.

Mais huit jours après, la femme de Lunardo vint chez ma mère, pour lui rendre sa visite. Elle avoit les cheveux tressés tournés en limaçon, et rattachés par une aiguille d'or, dont la tête étoit une rose de filigrame, enrichie d'un petit rubis. Cette rose d'or enfonça une cruelle épine dans le coeur de ma mère. Elle retomba dans sa mélancolie, et n'en sortit, que lorsque mon père lui eut promis, une aiguille, pareille à celle de sa soeur. Cependant comme mon père n'avoit ni argent ni moyen de s'en procurer, et qu'une pareille aiguille coutoit quarante cinq onces, il devint bientôt aussi mélancolique, que ma mère l'avoit été quelques jours auparavant.

Sur ces entrefaites, mon père reçut la visite d'un brave du pays, appellé Grillò Monaldi, qui vint chez lui pour faire nettoyer ses pistolets. Monaldi, s'appercevant de la tristesse de mon père, lui en demanda la raison, et mon père ne la lui cacha point. Monaldi, après un moment de reflexion, lui parla en ces termes: „Monsieur Zoto, je vous suis plus „redevable que vous ne le pensez. L'autre jour on a par „hazard trouvé mon poignard dans le corps d'un homme, „assassiné sur le chemin de Naples. La justice à fait por„ter ce poignard chez tous les armuriers, et vous avez gé„néreusement attesté, que vous ne le connoissiez point. Ce„pendant c'étoit une arme que vous aviez faite, et vendue „à moi même. Si vous eussiez dit la verité, vous pouviez „me causer quelque embarras. Voici donc les quarante „cinq onces, dont vous avez besoin, et de plus ma bourse „vous sera toujours ouverte. — Mon père accepta avec reconnoissance, alla acheter une aiguille d'or, enrichie d'un rubis, et la porta à ma mère, qui ne manqua pas dès le jour même, de s'en parer aux yeux de son orguilleuse soeur.

Ma mère de retour chez elle, ne douta point de revoir Madame Lunardo, ornée de quelque nouveau bijou. Mais celle-ci formoit bien d'autres projets. Elle vouloit aller à l'église, suivie d'un laquais de louage en livrée, et elle en avoit fait la proposition à son mari. Lunardo, qui étoit très avare, avoit bien consenti à faire l'acquisition de quelque morceau d'or, qui au fond lui sembloit aussi en sûreté sur la tête de sa femme, que dans sa propre cassette. Mais il n'en fut pas de même, lorsqu'on lui proposa de donner une once d'or à un drôle, seulement pour se tenir une demie heure derrière le banc de sa femme. Cependant les persécutions de Madame Lunardo furent si violentes et si souvent repetées, qu'il se determina enfin à la suivre lui même en habit de livrée. Madame Lunardo trouva que son mari étoit pour cet emploi aussi bon qu'un autre, et dès le dimanche suivant elle voulut paroitre à la paroisse, suivie de ce laquais d'espèce nouvelle. Les voisins rirent un peu de cette mascarade, mais ma tante n'attribua leurs plaisanteries qu'à l'envie qui les dévoroit.

Lorsqu'elle fut proche de l'église, les mendiants firent une grande huée, et lui crierent dans leur jargon. „Mira „Lunardu che fa lu criadu de sua mugiera." — Cependant, comme les gueux ne poussent la hardiesse que jusqu'à un certain point, Madame Lunardo entra librement dans l'église, où on lui rendit toutes sortes d'honneurs. On lui présenta l'eau bénite, et on la plaça dans un banc, tandis, que ma mère étoit debout, et confondue avec les femmes de la dernière classe du peuple.

Ma mère de retour au logis, prit aussitôt un habit bleu de mon père, et se mit à en orner les manches d'un reste de bandoulière jaune, qui avoit appartenu à la giberne d'un Miquelet. Mon père surpris, demanda ce qu'elle faisoit? Ma mère lui raconta toute l'histoire de sa soeur, et comme son mari avoit eu la complaisance de la suivre en habit de livrée — Mon père l'assura, qu'il n'auroit jamais cette complaisance. Mais le dimanche suivant, il donna une once d'or à un laquais de louage qui suivit ma mère à l'église, où elle joua un role encore plus beau que Madame Lunardo n'avoit fait le dimanche précédent.

Ce même jour, tout-de-suite après la messe, Monaldi vint chez mon père et lui tint ce discours. „Mon cher Zoto, „je suis informé de la rivalité d'extravagances, qui existe entre „votre femme et sa soeur. Si vous n'y remediez, vous serez „malheureux toute votre vie; vous n'avez donc que deux „partis à prendre: l'un de corriger votre femme, l'autre „d'embrasser un état qui vous mette à-même de satisfaire „son gout pour la dépense. Si vous prenez le premier parti, „je vous offre une baguette de coudrier, dont je me suis „servi avec ma défunte femme, tant qu'elle a vécu. On à d'au„tres baguettes de coudrier, qu'on prend par les deux bouts, „elles tournent dans la main, et servent à découvrir les „sources d'eau ou même les trésors. Cette baguette-ci n'a „point les mêmes proprietés. Mais si vous la prenez par „un bout et que vous appliquiez l'autre sur les épaules de „votre épouse, je vous assure que vous la corrigerez aise„ment, de tous ses caprices.

„Si au contraire, vous prénez le parti de satisfaire à „toutes les fantaisies de votre femme, je vous offre l'a„mitié des plus braves gens de toute l'Italie. Ils se ras„semblent volontiers à Bénévent parceque c'est une ville fron„tière. Je pense que vous m'entendez, ainsi faites vos re„flexions. — Après avoir ainsi parlé, Monaldi laissa sa baguette de coudrier sur l'établi de mon père et s'en alla.

Pendant ce tems là, ma mère étoit allée après la messe, montrer son laquais de louage au Corso et chez quelques unes de ses amies. Enfin elle rentra toute triomphante, mais mon père la reçut tout autrement qu'elle ne s'y attendoit. De sa main gauche, il saisit son bras gauche, et prenant la baguette de coudrier de la main droite, il commença de mettre en exécution les conseils de Monaldi, sa femme s'évanouit — Mon père maudit la baguette, demanda pardon, l'obtint et la paix se trouva rétablie.

Quelques jours après mon père alla trouver Monaldi, pour lui dire que le bois de coudrier n'avoit point fait un bon effet, et qu'il se récommandoit aux braves dont il lui avoit parlé. Monaldi lui répondit: „Monsieur Zoto, il est „assez surprenant, que n'ayant pas le coeur d'infliger la moin„dre punition à votre femme, vous ayez celui d'attendre „les gens au coin d'un bois. Cependant tout cela est pos„sible, et le coeur humain recèle bien d'autres contradic„tions. Je veux bien vous présenter à mes amis, mais il „faut auparavant que vous ayez commis au moins un as„sassinat. Tous les soirs, lorsque vous aurés fini votre ou„vrage, prenez une épée de longueur, mettez un poignard „à votre ceinture, et promenez vous d'un air un peu fier, „vers le portail de la Madonne, peut-être quelqu'un „viendra-t-il vous employer. Adieu, puisse le ciel bénir vos „entreprises.

Mon père fit ce que Monaldi lui avoit conseillé, et bientôt il s'apperçut, que divers cavaliers de sa trempe et les sbires, le saluoient d'un air d'intelligence. Au bout de quinze jours de cet exercisse, mon père fut un soir à costé par un homme bien mis, qui lui dit: „Monsieur Zoto, „voici cent onces que je vous donne. Dans une demie-„heure vous verrez passer deux jeunes gens, qui auront des „plumes blanches à leurs chapeaux. Vous vous approcherez „d'eux, avec l'air de vouloir leur faire une confidence et „vous direz à demi-voix: Qui de vous est le Marquis „Feltri? — L'un d'eux dira: „c'est moi." — Vous lui don-„nerez un coup de poignard dans le coeur. L'autre jeune „homme, qui est un lache s'enfuira. Alors vous acheverez „Feltri. Lorsque le coup sera fait, n'allez pas vous réfugier „dans une église. Retournez tranquillemement chez vous „et je vous suivrai de près — Mon père suivit ponctuelle-„ment les instructions qu'on lui avoit données; et lors-„qu'il fut de retour chez lui, il vit arriver l'inconnu dont „il avoit servi le ressentiment. Celui-ci lui dit: „Monsieur Zoto, je suis très sensible à ce que vous avez fait pour „moi. Voici encore une bourse de cent onces, que je vous „prie d'accepter, et en voici encore une autre de même „valeur, que vous présenterez au premier homme de justice „qui viendra chez vous — Après avoir ainsi parlé, l'incon-nu se retira.

Bientôt après, le chef des Sbirres se présenta chez mon père, qui lui donna aussitôt les cent onces destinées à la justice, et celui-ci invita mon père à venir faire chez lui un souper d'amis. Ils se rendirent à un logement adossé à la prison publique, et ils y trouvèrent pour convives le Barigel et le confesseur des prisonniers. Mon père étoit un peu ému, et ainsi qu'on l'est d'ordinaire après un premier assassinat. L'ecclésiastique remarquant son trouble, lui dit: „Monsieur „Zoto, point de tristesse. Les messes de la cathédrale sont

„à douze taris la pièce. On dit, que le Marquis Feltri a „été assassiné. Faites dire une vingtaine de messes pour „le repos de son ame, et l'on vous donnera par-dessus le „marché une absolution générale. — Après cela, il ne fut plus question de ce qui s'étoit passé et le souper fut assez gai.

Le lendemain Monaldi vint chez mon père, et lui fit compliment sur la manière dont il s'étoit montré. Mon père voulut lui rendre les quarante cinq onces, qu'il en avoit reçues; mais Monaldi lui dit: „Zoto vous offensez ma déli-„catesse. Si vous me reparlez encore de cet argent, je croi-„rai que vous me reprochez de n'en avoir pas fait assez. „Ma bourse est à votre service et mon amitié vous est „acquise. Je ne vous cacherai plus, que je suis moi même „le chef de la troupe dont je vous ai parlé. Elle est com-„posée de gens d'honneur et d'une exacte probité. Si vous „voulez en être, dites que vous allez à Brescia pour „y achêter des canons de fusils, et venez nous joindre à Ca-„poue. Logez vous à la croce d'oro et ne vous embarassez „pas du reste. — Mon père partit au bout de trois jours „et fit une campagne aussi honorable que lucrative.

Quoique le climat de Bénévent soit très doux, mon père qui n'étoit pas encore fait au metier, ne voulut pas travailler dans la mauvaise saison. Il passa son quartier d'hiver, dans le sein de sa famille, et son épouse eut un laquais le dimanche, des agraffes d'or à son corset noir, et un crochet d'or où pendoient ses clefs.

Vers le printemps, il arriva que mon père fut appellé dans la rue, par un domestique inconnu, qui lui dit de le suivre à la porte de la ville. Là il trouva un Seigneur d'un certain âge et quatre hommes à cheval. Le Seigneur lui dit: „Monsieur Zoto, voici une bourse de cinquante „sequins. Je vous prie de vouloir bien me suivre dans un „château voisin, et de permettre que l'on vous bande les „yeux. — Mon père consentit à tout, et après une assez longue traite et plusieurs détours, ils arrivèrent au château du vieux Seigneur. On le fit monter et on lui ôta son bandeau. Alors il vit une femme masquée, attachée dans un fauteuil, et ayant un bâillon dans la bouche. Le vieux Seigneur lui dit:-„Monsieur Zoto, voici encore cent sequins. „Ayez la complaisance de poignarder ma femme.

Mais mon père répondit: „Monsieur, vous vous êtes „mépris sur mon compte. J'attends les gens au coin d'une „rue, ou je les attaque dans un bois, ainsi qu'il convient „à un homme d'honneur, mais je ne me charge point de „l'office d'un bourreau. — Après avoir ainsi parlé, mon père jetta les deux bourses aux pieds du vindicatif époux. Celui-ci n'insista pas davantage, fit encore bander les yeux à mon père, et ordonna à ses gens de le conduire aux portes de la ville. Cetté action noble et généreuse fit beaucoup d'honneur à mon père, mais ensuite, il en fit une autre, qui fut encore plus généralement approuvée.

Il y avoit à Bénévent deux hommes de qualité, dont l'un s'appelloit le Comte Montalto et l'autre le Marquis Serra. Le Comte Montalto fit appeller mon père, et lui promit cinq cent sequins, pour assassiner Serra. Mon père s'en chargea, mais il demanda du tems, parce qu'il savoit, que le Marquis étoit fort sur ses gardes.

Deux jours après, le Marquis Serra fit appeller mon

père, dans un lieu écarté, et lui dit: „Zoto, voici une bourse „de cinq cent sequins. Elle est à vous, donnez moi votre „parole d'honneur de poignarder Montalto.

Mon père prit la bourse et lui répondit: „Monsieur le „Marquis, je vous donne ma parole d'honneur de tuer Mon- „talto. Mais il faut que je vous avoue, que je lui ai aussi „donné parole de vous faire périr.

Le Marquis dit en riant: „J'espère bien que vous ne „le ferez pas.

Mon père répondit très sérieusement: „Pardonnez moi, Monsieur le Marquis, je l'ai promis et je le ferai.

Le Marquis sauta en arrière et tira son epée. Mais mon père tira un pistolet de sa ceinture et cassa la tête au Marquis. Ensuite il se rendit chez Montalto et lui annonça que son ennemi n'étoit plus. Le Comte l'embrassa et lui remit les cinq cent sequins. Alors mon père avoua d'un air un peu confus, que le Marquis avant de mourir lui avoit donné cinq cent sequins pour l'assassiner. Le Comte dit, qu'il étoit charmé d'avoir prevenu son ennemi: „Monsieur le Comte (lui répondit mon père) cela ne vous „servira de rien, car j'ai donné ma parole — En même tems il lui donna un coup de poignard. Le Comte en tombant poussa un cri qui attira ses domestiques. Mon père se débarassa d'eux à coups de poignard, et gagna les montagnes, où il trouva la troupe de Monaldi. Tous les braves qui la composoient, vantèrent à l'envi un attachement aussi réligieux à sa parole. Je vous assure, que ce trait est encore, pour ainsi dire, dans la bouche de tout le monde, et que pendant long tems on en parlera dans Bénévent. . .

Comme Zoto en étoit à cet endroit de l'histoire de son père, un de ses frères vint lui dire, qu'on demandoit des ordres au sujet de l'embarquement. Il nous quitta donc, en nous demandant la permission, de reprendre le lendemain le fil de son récit. Mais ce qu'il avoit dit me donnoit beaucoup à penser. Il n'avoit cessé de vanter l'honneur, la délicatesse, l'exacte probité de gens, à qui l'on auroit fait grace de les pendre. L'abus de ces mots, dont il se servoit avec tant de confiance, brouilloit toutes mes idées.

Emina, s'appercevant de ma rêverie, m'en demanda le sujet. Je lui répondis, que l'histoire du père de Zoto me rappelloit ce que j'avois entendu dire, il y avoit deux jours, à un certain hermite, à savoir: qu'il y avoit pour les vertus des bases plus sures que le point d'honneur. Emina me répondit: „Mon cher Alphonse, respectez cet hermite, „et croyez ce qu'il vous dit. Vous le retrouverez plus d'une „fois dans le cours de votre vie." — Puis les deux soeurs se lèvèrent et se retirèrent avec les négresses, dans l'intérieur de l'appartement, c'est-à-dire dans la partie du souterain qui leurs étoit destinée. Elles revinrent pour le souper et puis chacun s'alla coucher.

Mais lorsque tout fut tranquille dans la caverne, je vis entrer Emina, tenant comme Psyché une lampe d'une main et conduisant de l'autre sa petite soeur, qui étoit plus jolie que l'amour. Mon lit étoit fait de façon qu'elles purent s'y assoir toutes les deux. Puis Emina me dit: „Cher „Alphonse, je t'ai dit que nous étions à toi, que le grand „Scheïk nous le pardonne, si nous prévenons un peu sa per„mission."

Je lui repondis: „Belle Emina, pardonnez moi vous même. Si c'est encore là une épreuve où vous mettiez ma vertu, j'ai peur qu'elle ne s'en tire pas trop bien.

L'on y a pourvu (repondit la belle Africaine), et mettant ma main sur sa hanche, elle me fit sentir une ceinture, qui n'étoit point celle de Venus, bien qu'elle tint à l'art et au génie de l'époux de cette déesse. La ceinture étoit fermée par un cadenat, dont la clef n'étoit pas au pouvoir de mes cousines, ou du moins elles me l'assurèrent.

Le centre de toute pruderie ainsi mis à couvert, l'on ne songea point à m'en disputer les surfaces. Zibeddé se rappella le role d'amante, qu'elle avoit autre fois étudié avec sa soeur. Celle-ci voyoit dans mes bras, l'objet de ses feintes amours et livroit ses sens à cette douce contemplation. La cadette souple, vive, brulante, devoroit par le tact, et pénétroit par ses caresses. — Nos moments furent encore remplis par je ne sais quoi, — par des projets sur lesquels on ne s'expliquoit pas, par tout ce doux babil de jeunes gens, qui sont entre le souvenir récent et l'éspoir d'un bonheur prochain.

Enfin le sommeil vint appésantir les belles paupières de mes cousines, et elles se retirèrent dans leur appartement. Lorsque je me trouvai seul, je pensai qu'il me seroit bien désagréable, de me reveiller encore sous le gibet. Je ne fis que rire de cette idée, mais néamoins elle m'occupa jusqu'au moment où je m'endormis.

SIXIEME JOURNÉE.

Je fus réveillé par Zoto, qui me dit, que j'avois dormi très longtems, et que le diné étoit prêt. Je m'habillai à la hâte et j'allai trouver mes cousines, qui m'attendoient dans la salle à manger. Leur yeux me carressoient encore, et elles sembloient occupées de la veille, plus que du diné qu'on leur servoit. Lorsque l'on eut ôté la table, Zoto prit place auprès de nous, et reprit en ces termes le récit de son histoire.

Suite de l'histoire de Zoto.

Lorsque mon père alla joindre la troupe de Zoto, je pouvois avoir sept ans, et je me rappelle, qu'on nous mena en prison, ma mère, mes deux frères et moi. Mais ce ne fut que pour la forme, comme mon père n'avoit pas oublié la part des gens de loi, ils furent aisement convaincus, que nous n'avions aucune rélation avec lui.

Le chef des Sbirres eut un soin tout particulier de nous, pendant notre détention, et même il en abrégea le terme. Ma mère, au sortir de la prison, fut très bien reçue, par les voisines et tout le quartier, car dans le midi de l'Italie, les bandits sont les héros du peuple, comme les contrebandiers le sont en Espagne. Nous avions notre part dans l'estime universelle, et moi en particulier, j'étois régardé comme le prince des polissons de notre rue.

Vers ce tems Monaldi fut tué dans une affaire, et mon père, qui prit le commandement de la troupe, voulut débuter par une action d'éclat. Il alla se poster sur le chemin de Salerne, pour y attendre une remise d'argent, qu'envoyoit le Viceroi de Sicile. L'entreprise réussit, mais mon père y fut blessé, d'un coup de mousquet, dans les reins, qui le rendit incapable de servir plus longtems. Le moment où il prit congé de la troupe, fut extraordinairement touchant. L'on assure même, que plusieurs bandits y pleurèrent; ce que j'aurois de la peine à croire, si moi même je n'avois pleuré une fois, ~~en ma vie~~, et ce fut après avoir poignardé ma maîtresse, ainsi que je vous le dirai en son lieu.

La troupe ne tarda pas à se dissoudre; quelques uns de nos braves allèrent se faire pendre en Toscane; les autres furent joindre Testalunga, qui commençoit à acquérir quelque réputation en Sicile. Mon père lui même passa le détroit et se rendit à Messine, où il demanda un asile aux Augustins del Monte. Il mit son petit pécule entre les mains de ces pères, fit une pénitence publique, et s'établit sous le portail de leur église, où il menoit une vie fort douce, ayant la liberté de se promener dans les jardins et les cours du couvent. Les moines lui donnoient la soupe, et il faisoit chercher une couple de plats à une gargote voisine. Le frater de la maison pansoit encore ses blessures par dessus le marché.

Je suppose, qu'alors mon père nous faisoit tenir de fortes remises, car l'abondance règnoit dans notre maison. Ma mère prit part aux plaisirs du carnaval, et dans le carême elle fit une crêche (ou Présèpe) representée par des petites poupées, des châteaux de sucre et autres enfantillages de cette espèce, qui sont fort en vogue dans tout le royaume de Naples, et forment un objet de luxe pour le bourgeois. Ma tante Lunardo eut aussi un présèpe, mais il n'approchoit pas du nôtre.

Autant que je me rappelle de ma mère, il me semble qu'elle étoit très bonne, et souvent nous l'avons vu pleurer, sur les dangers auxquels s'exposoit son époux; mais quelques triomphes, remportés sur sa soeur ou sur ses voisines, séchoient bien vite ses larmes. La satisfaction que lui donna sa belle crêche, fut le dernier plaisir de ce genre, qu'elle put goûter. Je ne sais comment elle gagna une pleuresie, dont elle mourut au bout de quelques jours.

A sa mort nous n'aurions su que devenir, si le Barigel ne nous eut retiré chez lui. Nous y passâmes quelques jours, après quoi l'on nous remit à un muletier, qui nous fit traverser toute la Calabre, et arriver le quatorzième jour à Messine. Mon père étoit déjà informé de la mort de son épouse. Il nous reçut avec beaucoup de tendresse, nous fit donner une natte auprès de la sienne, et nous présenta aux moines, qui nous mirent au nombre des enfants de choeur. Nous servions la messe, nous mouchions les cierges, nous allumions les lampes, et à cela près, nous étions d'aussi fieffés polissons, que nous l'avions été à Bénévent. Lorsque nous avions mangé la soupe des moines, mon père nous donnoit un tari à chaqu'un, dont nous achêtions des chataignes et des craquelins, après quoi nous allions jouer sur le port, et ne revenions plus qu'à la nuit. Enfin nous étions d'heureux polissons. — Lorsqu'un évènement, qu'aujourd'hui même je ne puis me rappeller sans un mouvement de rage, décida du sort de ma vie entière.

Un certain dimanche, comme l'on alloit chanter vêpres, je revins au portail de l'église, chargé de marons, que j'avois achêté pour mes frères et pour moi, et j'en faisoit les dividendes; lorsque je vis arriver une voiture superbe, attelée de six chevaux, et précédée de deux chevaux de même couleur, qui couroient en liberté; sorte de luxe que je n'ai vu qu'en Sicile. La voiture s'ouvrit et j'en vis sortir d'abord un gentilhomme braciere, qui donna le bras à une belle dame, en suite un Abbé, et enfin un petit garçon de mon âge, d'une figure charmante et magnifiquement habillé à la Hongroise, ainsi que l'on habilloit alors les enfants assez communément. La petite hongreline étoit de velours bleu, brodée en or et garnie de zibelines, elle lui descendoit à la moitié des jambes, et couvroit même une partie de ses bottines qui étoient en maroquin jaune. — Son bonnet, également garni de zibellines, étoit aussi en velours bleu, et surmonté d'une houpe de perles, qui tomboit sur une épaule. Sa ceinture étoit en glands et cordons d'or, et son petit sabre enrichi de pierreries. Enfin il avoit à la main un livre de prières monté en or.

Je fus si émerveillé de voir un si bel habit, à un garçon de mon âge, que ne sachant trop ce que je faisois, j'allai à lui et lui offris deux chataignes, que j'avois à la main, mais l'indigne garnement, au lieu de répondre à la petite amitié que je lui faisois, me donna de son livre de prières par le nez, et cela de toute la force de son bras. J'eus l'oeil gauche presque poché, et un fermoir du livre, étant entré dans une de mes narines, la déchira de façon que je fus en un instant couvert de sang. Il me semble, qu'alors j'entendis aussi le petit Seigneur pousser des cris affreux, mais j'avois pour ainsi dire perdu connoissance; lorsque je la repris, je me trouvai près de la fontaine du jardin, entouré de mon père et de mes frères, qui me lavoient le visage et cherchoient à arrêter l'hémorrhagie.

Cependant, comme j'étois encore tout en sang, nous vîmes revenir le petit Seigneur, suivi de son abbé, du gentilhomme bracière, et de deux valets de pied, dont l'un portoit un paquet de verges. Le gentilhomme expliqua en peu de mots, que Madame la Princesse de Rocca Fiorita, exigeoit que je fusse fouetté jusqu'au sang, en réparation de la frayeur, que je lui avois causée, ainsi qu'à son Principino, — et tout de suite les valets de pied mirent la sentence en exécution. Mon père, qui craignoit de perdre son asyle, n'osa d'abord rien dire, mais voyant que l'on me déchiroit impitoyablement, il n'y put tenir, et s'adressant au gentilhomme, avec tout l'accent d'une fureur étouffée, il lui dit: „Faites finir ceci, ou rappellez vous, que j'en ai assassiné „qui en valoient dix de votre sorte"— Le gentilhomme, considerant que ces paroles renfermoient un grand sens, ordonna que l'on mit fin à mon supplice, mais comme j'étois encore couché sur le ventre, le Principino s'approcha de moi, et me donna un coup de pied dans le visage, en me disant: „Managia la tua facia de banditu." — Cette dernière insulte mit le comble à ma rage. Je puis dire, que depuis ce moment, je n'ai plus été enfant, ou du moins que je n'ai plus goûté les douces joyes de cet âge, et longtems après, je ne pouvoit de sang froid voir un homme richement habillé.

Il faut que la vengeance soit le péché originel de notre pays, car bien que je n'eusse alors que huit ans, la nuit comme le jour, je ne songeai plus qu'à punir le Principino. Je me reveillois en sursaut, rêvant que je le tenois aux cheveux, et le rouois de coups; et le jour je pensois à lui faire du mal de loin, car je me doutois bien, qu'on ne me laisseroit pas approcher. De plus je voulois m'enfuir, après avoir fait le coup. Enfin je me décidai à lui lancer une pierre dans le visage, sorte d'exercice que j'entendois déjà assez bien; cependant pour m'y entretenir, je choisis un but contre lequel je m'exercois presque toute la journée.

Une fois mon père me demanda ce que je faisois? Je lui répondis, que mon intention étoit d'écraser le visage du Principino, et puis de m'enfuir et de me faire bandit — Mon père parut ne pas croire à ce que disois, mais il me sourit d'une manière, qui me confirma dans mon projet.

Enfin arriva le dimanche qui devoit être le jour de la vengeance. Le carosse parut, l'on descendit. J'étois fort ému, cependant je me remis. Mon petit ennemi me démêla dans la foule et me tira la langue. Je tenois ma pierre, je la lançai et il tomba à la renverse.

Aussitôt je me mis à courir et ne m'arrêtai qu'à l'autre bout de la ville. Là je rencontrai un petit ramoneur de ma connoissance, qui me demanda où j'allois? Je lui racontai mon histoire, et il me conduisit aussitôt à son maître. Celui-ci, qui manquoit de garçons, et ne savoit où en prendre, pour un métier aussi rude, me reçut avec plaisir. Il me dit que personne ne me reconnoîtroit, lorsque j'auroit le visage barbouillé de suie, et que de grimper les cheminées, étoit une science souvent très utile. En cela il ne m'a point trompé. J'ai souvent du la vie au talent que j'acquis alors.

La poussière des chèminées, et l'odeur de la suie m'incommodèrent beaucoup d'abord, mais je m'y accoutumai, car j'étois dans l'âge où l'on se fait à tout. Il y avoit environs six mois, que j'exercois ma profession, lorsque m'arriva l'aventure que je vais rapporter.

J'étois sur un toit, et je prêtois l'oreille pour savoir par quel tuyeau sortiroit la voix du maître. Il me parut l'entendre crier dans la cheminée la plus voisine de moi. J'y descendis, mais je trouvai, que sous le toit le tuyeau se séparoit en deux. Là j'aurois encore du appeller, mais je ne le fis point, et je me décidai étourdiment pour une des deux ouvertures. Je m'y laissai glisser et je me trouvai dans un beau salon, mais le premier objet que j'y apperçu, fut mon Principino, en chemise et jouant aux volants.

Quoique ce petit sot eut sans doute vu d'autres ramoneurs, il s'avisa de me prendre pour le diable. Il se mit à genoux, et me pria de ne point l'emporter, et promettant d'être bien sage. Les protestations m'auroient peut-être touché, mais j'avois à la main mon petit balai de ramoneur, et la tentation d'en faire usage, étoit devenue trop forte; de plus je m'étoit bien vengé, du coup que le Principino m'avoit donné avec son livre de prières, et en partie des coups de verges, mais j'avois encore sur le coeur le coup de pied, qu'il m'avoit donné au visage, en me disant: „Managia la tua facia de banditu — Enfin, un Napolitain aime à se venger plutôt un peu plus qu'un peu moins.

Je détachai donc une poignée de verges de mon balai. Puis je déchirai la chemise du Principino, et quand son dos fut à nud, je le dechirai aussi, ou du moins je l'accommodai assez mal, mais ce qu'il y avoit de plus singulier, c'est que la peur l'empêchoit de crier.

Lorsque je crus en avoir fait assez, je me débarbouillai le visage, et lui dis: „Ciucio Maledetto io no zuno lu dia„volu, io zuno lu piciolu banditu delli Augustini — Alors le Principino retrouva l'usage de la voix, et se mit à crier au secours, mais je n'attendis pas que l'on vint, et je remontai, par où j'étois descendu.

Lorsque je fus sur le toit, j'entendis encore la voix du maître qui m'appelloit, mais je ne jugeai pas à propos de repondre. Je me mis à courir de toit en toit, et j'arrivai à celui d'une écurie, devant laquelle étoit un chariot de foin. Je me jettai du toit sur le chariot et du chariot à terre. Puis j'arrivai tout courant au portail des Augustins, où je raccontai à mon père, tout ce qui venoit de m'arriver. Mon père, m'écouta avec beaucoup d'interèt, puis il me dit: „Zoto, Zoto! Gia Vegio che tu sarai banditu — Ensuite se tournant vers un homme, qui étoit à côté de lui, il lui dit: „Padron Lettereo prendete lo chiutosto vui. —

Lettereo est un nom de baptème, particulier à Messine. Il provient d'une lettre, que la vierge doit avoir écrite aux habitants de cette ville, et qu'elle doit avoir datée, l'an 1452 de la naissance de mon fils. Les Messinois ont autant de devotion à cette lettre, que les Napolitains au sang de St. Janvier. Je vous fais ce détail, parce qu'un an et demi après, j'ai fait à la Madonna della lettera, une prière que j'ai cru être la dernière de ma vie.

Or donc Patron Lettereo étoit Capitaine d'un Pinque, armé, (soit disant) pour la pêche du corail, mais au fond contrebandier et même forban, selon que l'occasion s'en présentoit. Ce qui lui arrivoit rarement, parcequ'il ne portoit pas de canons, et qu'il lui falloit surprendre des batiments en des plages désertes.

L'on savoit tout cela à Messine, mais Lettereo faisoit la contrebande pour le compte des principaux marchands de la ville. Les commis de la douanne y avoient leur part, et d'ailleurs, le patron passoit pour être très libéral de Coltellades, ce qui en imposoit à ceux qui auroient voulu lui faire de la peine. Enfin il avoit une figure véritablement imposante, sa taille et sa carrure auroient déjà suffi à le faire remarquer, mais tout le reste de son extérieur y répondoit si bien, que les gens d'un caractère timide, ne le voyoient point sans ressentir un mouvement de frayeur. Son visage d'un brun déjà très foncé, étoit encore obscurci par un coup de poudre à canon, qui lui avoit laissé beaucoup de marques, et sa peau bise étoit chamarée de divers dessins tout particuliers. Les matelots de la Méditerranée, ont presque tous l'usage, de se faire picoter sur les bras et la poitrine des chiffres, des profils de Galère, des croix et autres ornements pareils. Mais Lettereo avoit encheri sur cet usage. Il avoit gravé sur l'une de ses joues un crucifix et sur l'autre une madonne, des quelles images l'on ne voyoit pourtant que le haut, car le bas en étoit caché dans une barbe epaisse, que le rasoir ne touchoit jamais, et que les ciseaux seuls contenoient dans de certaines bornes. Ajoutez à cela des anneaux d'or aux oreilles, un bonnet rouge, une ceinture de même couleur, une veste sans manches, des culottes de matelot, les bras et les pieds nuds, et les poches pleines d'or — Tel étoit le Patron.

L'on prétend, que dans sa jeunesse il avoit eu des

bonnes fortunes du plus haut parage. Alors encore, il étoit la coqueluche des femmes de son état, et la terreur de leurs époux.

Enfin, pour achever de vous faire connoitre Lettereo, je vous dirai, qu'il avoit été l'ami intime d'un homme, d'un vrai mérite, qui depuis à fait parler de lui sous le nom du capitaine Pepo. Ils avoient servi ensemble dans les corsaires de Malte. Ensuite Pepo étoit entré au service de son Roi, tandis que Lettereo, à qui l'honneur étoit moins cher que l'argent, avoit pris le parti de s'enrichir par toutes sortes de voies, et en même tems, il étoit devenu l'irréconciliable ennemi de son ancien camarade.

Mon père, qui dans son asyle n'avoit rien à faire, qu'à panser sa blessure, dont il n'espéroit plus l'entière guerison, entroit volontiers en conversation avec des héros de son acabit. C'etoit là ce qui l'avoit lié avec Lettereo; et en me recommandant à lui, il avoit lieu d'espérer, que je ne serois pas refusé. Il ne se trompa point; Lettereo fut même sensible à cette marque de confiance. Il promit à mon père, que mon noviciat seroit moins rude, que ne l'est d'ordinaire celui d'un mousse de vaisseau, et il l'assura, que puisque j'avois été ramoneur, il ne me faudroit pas deux jours, pour apprendre à monter dans les manoeuvres.

Pour moi, j'étois enchanté, car mon nouvel état me paroissoit plus noble que de gratter les cheminées. J'embrassai mon père et mes frères, et pris gaiement avec Lettereo le chemin de son navire. Lorsque nous fumes à bord, le Patron rassembla son équipage, composé de vingt hommes, dont les figures répondoient assez bien à la sienne. Il me présenta à ces Messieurs et leur tint ce discours: „Anime „managie quista criadura e lu filiu de Zotu, se uno de vui „a outri, li mette la mano sopra io li mangio l'anima. — Cette recommandation eut tout l'effet qu'elle devoit avoir. On voulut même que je mangeasse à la gamelle commune; mais comme je vis deux mousses de mon âge, qui servoient les matelots et mangeoient leurs restes, je fis comme eux. On me laissa faire et l'on m'en aima davantage. Mais lorsque l'on vit ensuite, comme je montois l'antenne, chacun s'empressa à me combler de temoignages d'estime. L'antenne tient lieu de la vergue, dans les voiles latines, mais il est beaucoup moins dangereux de se tenir sur les vergues, car elles sont toujours dans une position horizontale.

Nous mimes à la voile et arrivâmes le troisième jour au détroit de St. Boniface, qui sépare la Sardaigne d'avec la Corse. Nous y trouvâmes plus de soixante barques, occupées de la pêche du corail. Nous nous mîmes aussi à pêcher, ou plutôt nous en faisions le semblant. Mais moi en mon particulier, j'en tirai beaucoup d'instruction, car en quatre jours, je nageois et plongeois comme le plus hardi de mes camarades.

Au bout de huit jours, notre petite flottille fut dispersée par une Grègalade, c'est le nom, que dans la méditerranée, l'on donne à un coup de vent de Nord-Est. Chacun se sauva comme il put. Pour nous, nous arrivâmes à un ancrage, connus sous le nom de la rade de St. Pierre. C'est une plage déserte, sur la côte de Sardaigne. Nous y trouvâmes une Polacre Vénitienne, qui sembloit avoir beaucoup souffert de la tempête. Notre patron forma aussitôt *des projets sur ce navire, et jetta l'ancre tant proche de lui. Puis il mit une partie de son équipage à fond de cale, afin de paroître avoir de monde. Ce qui étoit presque une précaution superflue, car les bâtiments latins en ont toujours plus que les autres.*

Lettereo ne cessant d'observer l'équipage Venitien, vit qu'il n'étoit composé, que du capitaine, du contre maître, de six matelots et d'un mousse. Il observa de plus, que la voile de hune étoit déchirée, et qu'on la descendoit pour la raccommoder, car les navires marchands n'ont pas de voiles de rechange. Munis de ces observations, il mit huit fusils et autant de sabres dans la chaloupe, couvrit le tout d'une toile godronnée, et se résolut à attendre le moment favorable.

Lorsque le tems se fut remis au beau, les Matelots ne manquèrent pas de monter sur le hunier, pour déferler la voile, mais comme ils ne s'y prenoient pas bien, le contre-maitre monta aussi et fut suivi du capitaine. Alors Lettereo fit mettre la chaloupe à la mer, s'y glissa avec sept matelots et aborda par l'arrière de la Polacre. Le capitaine qui étoit sur la vergue leur cria: A larga ladron, a larga. — Mais Lettereo le coucha en joue, avec menace de tuer le premier qui voudroit descendre. Le capitaine qui paroissoit un homme déterminé, se jette dans les haubans pour descendre. Lettereo le tira au vol. Il tomba dans la mer et on ne le revit plus. — Les matelots demandèrent grace. Lettereo laissa quatre hommes, pour les tenir en arret, et avec les trois autres, il se mit à parcourir l'interieur du vaisseau. Dans la chambre du capitaine, il trouva un baril, de ceux où l'on met les olives, mais comme il étoit un peu pesant et cerclé avec soin. Il jugea qu'il y trouveroit peut-être d'autres objets, il l'ouvrit et fut agréablement surpris, d'y trouver plusieurs sacs d'or. Il n'en demanda pas davantage et sonna la retraite. Le détachement revint à bord, et nous mimes à la voile, comme nous rangions l'arrière du Vénitien, nous lui criâmes encore par raillerie: „Viva St. Marco."

Cinq jours après nous arrivâmes à Livourne, Aussitôt le Patron se rendit chez le consul de Naples, avec deux de ses gens, et y fit sa déclaration: „Comme quoi, son „équipage avoit pris querelle avec celui d'une Polacre Véni-„tienne, et comme quoi le capitaine Vénitien, avoit malheu-„reusement été poussé par un matelot et étoit tombé dans „la mer. — Une partie du baril d'olives, fut employée à donner à ce récit, l'air de la plus grande vraissemblance.

Lettereo, qui avoit un goût décidé pour la piraterie, auroit sans doute tenté d'autres entreprises de ce genre; mais on lui proposa, à Livourne un nouveau commerce, auquel il donna la préference. Un juif, appellé Nathan Levi, ayant observé, que le Pape et le Roi de Naples gagnoient beaucoup sur leurs monnoyes de cuivre, voulut aussi prendre part à ce gain. C'est pourquoi il fit fabriquer des monnoyes pareilles, dans une ville d'Angleterre, appellée Birmingham. Lorsqu'il en eut une certaine quantité, il établit un de ses commis à la Flariola, hameau de pêcheurs, situé sur la frontière des deux états, et Lettereo se chargea du soin, d'y transporter et débarquer la marchandise.

Le profit fut considérable, et pendant plus d'un an,

nous ne fîmes qu'aller et venir, toujours chargés de nos monnoyes Romaines et Napolitaines. — Peut-être même eussions nous pu continuer longtems nos voyages, mais Lettereo qui avoit du génie pour les spéculations, proposa aussi au juif de faire fabriquer des monnoyes d'or et d'argent. Celui-ci suivit son conseil, et établit à Livourne-même, une petite manufacture de Sequins et de Scudi. Notre profit excita la jalousie des puissances. Un jour que Lettereo étoit à Livourne, et prêt à mettre à la voile, ou vint lui dire que le capitaine Pepo, avoit ordre du Roi de Naples, de l'enlèver, mais qu'il ne pouvoit se mettre en mer, qu'à la fin du mois. Ce faux-avis n'étoit qu'une ruse de Pepo, qui tenoit déjà la mer, depuis quatre jours. Lettereo en fut la dupe. Le vent étoit favorable, il crut pouvoir faire encore un voyage et mit à la voile.

Le lendemain à la pointe du jour, nous nous trouvâmes au milieu de l'escadrille de Pepo, composée de deux galliotes et de deux scampavies. Nous étions entourés, il n'y avoit nul moyen d'échapper. Lettereo avoit la mort dans les yeux. Il mit toutes les voiles déhors, et gouverna sur la capitanne. Pepo étoit sur le pont et donnoit des ordres pour l'abordage. Lettereo prit un fusil, le coucha en joue, et lui cassa un bras. Tout cela fut l'affaire de quelques secondes.

Bientôt après, les quatre bâtiments mirent le cap sur nous, et nous entendions de tous côtés, „Mayna Ladro, „Mayna can Senzafede — Lettereo mit à l'orse, en sorte que notre bande rasoit la surface de l'eau. Puis, s'adressant à l'équipage, il nous dit: „Anime managie, io in galera

„non civado - Pregate per me la santissima Madonna della „lettera. — Nous nous mimes tous à genoux. Lettereo mit des boulets de canon dans sa poche. Nous crumes qu'il vouloit se jetter à la mer. Mais le malin pirate ne s'y prit pas ainsi Il y avoit un gros tonneau, plein de cuivre, amarré sur le vent. Lettereo s'arma d'une hache et coupa l'amarre. Aussitôt le tonneau roula sur l'autre bande, et comme nous penchions déjà beaucoup, il nous fit chavirer tout-à-fait. D'abord, nous autres qui étions à genoux, nous tombâmes tous sur les voiles, et lorsque le navire s'engouffra, celles-ci, par leur elasticité, nous rejettèrent heureusement à plusieurs toises de l'autre côté.

Pepo nous repêcha tous, à l'exception du capitaine, d'un matelot et d'un mousse. A mesure que l'on nous tiroit de l'eau, l'on nous garottoit et l'on nous jettoit dans le gavon de la capitane, Quatre jours aprés nous abordâmes à Messine. Pepo fit avertir la justice, que nous avions à lui remettre des sujets dignes de son attention. Notre debarquement ne manqua pas d'une certaine pompe. C'étoit précisément l'heure du Corso, — où toute la noblesse se promène sur ce que l'on appelle la Marine. Nous marchions gravement, precedés et suivis par des Sbirres.

Le Principino se trouva au nombre des spectateurs. Il me reconnut aussitôt qu'il m'eut apperçu et s'écria: „Ecco lu piciolu banditu des Augustini — En même tems, il me sauta aux yeux, me saisit par les cheveux et m'egratigna le visage. Comme j'avois les mains liées derrière le dos, j'avois de la peine à me defendre.

Cependant me rappellant un tour, que j'avois vu faire

à Livourne à des matelots Anglois, je débarassai ma tête et j'en donnai un grand coup dans l'estomac du Principino. Il tomba à la renverse. Puis se levant furieux, il tira un petit couteau de sa poche, et voulut m'en frapper. Je l'évitai et lui donnant un croc en jambes, je le fis tomber lui même fort rudement, et même en tombant il se blessa avec le couteau qu'il tenoit en main. La princesse, qui arriva sur ces entrefaites, voulut encore me faire battre par ses gens. Mais les Sbirres, s'y opposèrent et nous conduisirent en prison.

Le procès de notre équipage ne fut pas long, ils furent condamner à recevoir l'Estrapade et puis à passer le reste de leurs jours aux galères. Quant au mousse, qui étoit échappé, et à moi; nous fûmes relachés, comme n'ayant pas l'âge compétent. Dès que la liberté nous fut rendue, j'allai au couvent des Augustins. Mais je n'y trouvai plus mon père. Le frère portier me dit, qu'il étoit mort, et que mes frères étoient mousses, sur un vaisseau Espagnol. Je demandai à parler au père Prieur. Je fus introduit, et contai ma petite histoire, sans oublier le coup de tête, et le croc en jambes, donné au Principino. Sa Révérence m'écouta avec beaucoup de bonté, puis elle me dit: „Mon enfant, vo„tre père en mourant à laissé au couvent une somme consi„dérable. C'étoit un bien mal-acquis, auquel vous n'aviez „aucun droit. Il est dans les mains de Dieu, et doit être „employé à l'entretien de ses serviteurs. Cependant nous „avons osé en détourner quelques écus, que nous avons „donné au capitaine Espagnol, qui s'est chargé de vos frè„res. Quant à vous, on ne peut plus vous donner asyle dans „ce couvent, par égard pour Madame la Princesse de Rocca

„Fiorita, notre illustre bienfaitrice. Mais mon enfant, vous „irez à la ferme, que nous avons au pied d'Etna et vous „y passerez doucement les années de votre enfance. — Après m'avoir dit ces choses, le Prieur appella un frère Lai, et lui donna des ordres rélatifs à mon sort.

Le lendemain je partis avec le frère Lai. Nous arrivâmes à la ferme, et je fus installé. De tems à autre l'on m'envoyoit à la ville, pour des commissions qui avoient rapport à l'économie. Dans ces petits voyages, je fit tout mon possible, pour éviter le principino. Cependant une fois que j'achettois des marons dans la rue, il vint à passer, me reconnut et me fit rudement fustiger par ses laquais. Quelques tems après, je m'introduisis chez lui, à la faveur d'un déguisement, et sans doute il m'eut ête facile, de l'assassiner, et je me répens tous les jours de ne l'avoir point fait. Mais alors je n'étois point encore familiarisé avec les procédés de ce genre, et je me contentai de le maltraiter. Pendant les premières années de ma jeunesse, il ne s'est point passé six mois, n'y même quatre, sans que j'eusse quelque rencontre avec ce maudit Principino, qui souvent avoit sur moi l'avantage du nombre. Enfin j'attaignis quinze ans, et j'étois alors un enfant pour l'âge et la raison, mais j'etois presque un homme, pour la force et le courage, ce qui ne doit point surprendre, si l'on considère que l'air de la mer et ensuite celui des montagnes, avoient fortifié mon temperament.

J'avois donc quinze ans, lorsque je vis pour la première fois, le brave et digne Testa-Lunga. Le plus honnète et vertueux bandit, qu'il y ait eu en Sicile. Demain *si vous le permettez, je vous ferai connoitre cet homme, dont la mémoire vivra éternellement dans mon coeur. Pour l'instant je suis obligé de vous quitter, le gouvernement de ma caverne exige des soins attentifs, auxquels je ne puis me refuser.*

Zoto nous quitta, et chacun de nous fit sur son récit, de reflexions analogues à son propre caractère. J'avouai ne pouvoir réfuser une sorte d'éstime, à des hommes aussi courageux, que ceux qu'il me dépeignoit. Emina soutenoit, que le courage ne mérite notre éstime, qu'autant qu'on l'emploie à faire respecter la vertu. — Zibeddé dit, qu'un petit bandit de seize ans, pouvoit bien inspirer de l'amour.

Nous soupâmes, et puis chacun fut se coucher. Les deux soeurs vinrent encore me surprendre. Emina me dit: „Mon Alphonse, seriez vous capables de nous faire un sa„crifice? Il s'agit de votre intérêt plus que du nôtre.

„Ma belle cousine (lui répondis-je) tous ces préambules „ne sont point nécessaires. Dites-moi naturellement, ce „que vous désirez.

„Cher Alphonse, (reprit Emina). Nous sommes cho„quées, glacées par ce joyau, que vous portez au cou, et „que vous appellez un morceau de la vraie croix.

„Oh pour ce joyau (dis-je aussitôt), ne me le de„mandez point. J'ai promis à ma mère de ne le point „quitter et je tiens toutes mes promesses, ce ne seroit pas „à vous, d'en douter.

Mes cousines, ne répondirent point, furent un peu boudeuses, se radoucirent, et la nuit se passa à peu près comme la précédente. C'est-à-dire, que les ceintures ne furent point dérangées.

SEPTIEME JOURNÉE.

Le lendemain matin je me réveillai de meilleure heure que la veille. J'allai voir mes cousines; Emina lisoit le Coran, Zibeddé essayoit des perles et des shals. J'interrompis ces graves occupations par de douces caresses, qui tenoient presque autant de l'amitié que de l'amour. Puis nous dinâmes. Après le diner, Zoto vint réprendre le fil de son histoire, ce qu'il fit en ces termes.

Suite de l'histoire de Zoto.

J'avois promis de vous parler de Testa-Lunga. Je vais vous tenir parole. Mon ami etoit un paisible habitant de Val-Castera, petit bourg au pied de l'Etna. Il avoit une femme charmante. Le jeune Prince de Val-Castera, visitant un jour ses domaines, vit cette femme, qui étoit venue le complimenter, avec les autres femmes des notables. Le présomptueux jeune homme, loin d'être sensible à l'hommage, que ses vassaux lui offroient, par les mains de la beauté, ne fut occupé que des charmes de Madame Testalunga. Il lui expliqua sans détour, l'effet qu'elle faisoit sur ses sens, et mit la main dans son corset. Le mari se trouvoit dans cet instant derrière sa femme. Il tira un couteau de sa poche, et l'enfonça dans le coeur du jeune

Prince. Je crois qu'à sa place, tout homme d'honneur en eut fait autant.

Testa-Lunga, après avoir fait ce coup, se retira dans une église, où il resta jusqu'à la nuit. Mais jugeant qu'il lui falloit prendre d'autres mesures pour l'avenir, il se résolut à joindre quelques bandits, qui s'étoient depuis peu refugiés, sur les sommets de l'Etna. Il y alla, et les bandits le reconnurent pour leur chef.

L'Etna avoit alors vomi une prodigieuse quantité de lave; et ce fut au milieu de ces torrents enflammés, que Testalunga fortifia sa troupe, dans des repaires, dont les chemins n'étoient connus que de lui. Lorsqu'il eut ainsi pourvu à sa sûreté, ce brave chef s'adressa au Viceroi, et lui demanda sa grace et celle de ses compagnons. Le gouvernement refusa, dans la crainte, à ce que j'imagine, de compromettre l'autorité. Alors Testalunga entra en pour parler avec les principaux fermiers des terres voisines. Il leur dit: „Volons en commun, je viendrai, et je demanderai, vous „me donnerez ce que vous voudrez, et vous n'en serez pas „moins à couvert devant vos maitres — C'étoit toujours voler, mais Testalunga partageoit le tout entre ses compagnons, et ne gardoit pour lui que l'absolu nécessaire. Au contraire, s'il traversoit un village, il faisoit tout payer au double; si bien, qu'il devint en peu de tems, l'idole du peuple des deux Siciles.

Je vous ai déjà dit, que plusieurs bandits de la troupe de mon père, avoient été joindre Testalunga, qui pendant quelques années se tint au midi de l'Etna, pour faire des courses dans le Val di Noto, et le Val di Mazara. Mais à l'époque dont je vous parle; c'est-à-dire lorsque j'eus atteint quinze ans, la troupe revint au Val Demoni, et un beau jour nous les vîmes arriver à la ferme des Moines.

Tout ce que vous pouvez imaginer de leste et de brillant, n'approcheroit pas encore des hommes de Testalunga. Des habits de Miquelets, les cheveux dans une resille de soie, une ceinture de pistolets et de poignards. Une épée de longueur, et un fusil de même, tel étoit à peu près leur équipage de guerre. Ils furent trois jours à manger nos poules, et boire notre vin. Le quatrième on vint leur annoncer, qu'un détachement des dragons de Syracuse s'avançoit, avec l'intention de les envelopper. Cette nouvelle les fit rire de tout leur coeur. Il se mirent en embuscade, dans un chemin creux, attaquèrent le détachement et le dispersèrent. Ils étoient un contre dix, mais chacun d'eux portoit plus de dix bouches à feu, et toutes de la meilleure qualité.

Après la victoire, les bandits revinrent à la ferme, et moi, qui de loin les avois vu combattre, j'en fus si enthousiasmé, que je me jettai au pieds du chef, pour le conjurer de me recevoir dans sa troupe. Testalunga demanda qui j'étois? Je repondis, que j'étois le fils du bandit Zoto. — A ce nom chéri, tous ceux qui avoient servi sous mon père, poussèrent un cri de joie. Puis l'un d'eux me prenant dans ses bras, me posa sur la table et dit: „Mes camarades, le „lieutenant de Testalunga a été tué dans le combat, nous „sommes embarrassés à le remplacer, que le petit Zoto soit „notre lieutenant. Ne voyez vous pas, que l'on donne des „régiments aux fils des Ducs et des Princes, faisons pour

„le fils du brave Zoto, ce que l'on fait pour eux. Je re„pons qu'il se rendra digne de cet honneur. — Ce discours mérita de grands applaudissements à l'orateur, et je fus proclamé à l'unanimité. —

Mon grade, d'abord, n'étoit qu'une plaisanterie et chaque bandit éclatoit de rire, en s'appellant: „Signor tenenté" — Mais il leur fallut changer de ton. Non seulement j'étois toujours le premier à l'attaque, et le dernier à couvrir la retraite; mais aucun d'eux n'en savoit autant que moi, lorsqu'il s'agissoit d'épier les mouvements de l'ennemi, ou d'assurer le repos de la troupe. Tantôt je gravissois le sommet des rochers, pour decouvrir plus de pays, et faire les signaux convenus, et tantôt je passois des journées entières, tout au milieu des ennemis, ne descendant d'un arbre, que pour grimper sur un autre. Souvent même il m'est arrivé, de passer les nuits sur les plus hauts châtaigniers de l'Etna. Et lorsque je ne pouvois plus resister au sommeil, je m'attachois aux branches avec une courroie. Tout cela ne m'étoit pas bien difficile, puisque j'avois été mousse et ramoneur.

J'en fis tant enfin, que la sureté commune me fut entièrement confiée. Testalunga m'aimoit comme son fils, mais si je l'ose dire, j'acquis une renommée qui surpassoit presque la sienne, et les exploits du petit Zoto devinrent en Sicile le sujet de tous les entretiens. Tant de gloire, ne me rendit pas insensible aux douces distractions, que m'inspiroit mon âge. Je vous ai déjà dit, que chez nous les bandits étoient les heros du peuple, et vous jugez bien, que les bergères de l'Etna, ne m'auroient pas disputé leur coeur; mais le mien étoit destiné, à se rendre à des charmes plus délicats, et l'amour lui reservoit une conquête plus flatteuse.

J'étois lieutenant depuis deux ans, et j'en avois dix-sept finis, lorsque notre troupe fut obligée de retourner vers le Sud; parce qu'une nouvelle irruption du volcan, avoit détruit nos retraites ordinaires. Au bout de quatre jours nous arrivâmes à un château, appellé Rocca Fiorita, fief et manoir en chef, du Principino, mon ennemi.

Je ne pensois plus guère aux injures que j'en avois reçues, mais le nom du lieu me rendit toute ma rancune. Ceci ne doit point vous surprendre, dans nos climats les coeurs sont implacables. Si le Principino eut été dans son château, je crois que je l'aurois mis à feu et à sang. Je me contentai d'y faire tout le dégat que je pus, et mes camarades, qui connoissoient mes motifs, me secondoient de leur mieux. Les domestiques du château, qui avoient d'abord voulu nous résister, ne résistèrent point au bon vin de leur maitre, que nous répandions à grands flots. Ils furent des nôtres. Enfin nous fimes de Rocca-Fiorita, un véritable pays de Cocagne.

Cette vie dura cinq jours. Le sixième, nos espions m'avertirent, que nous allions être attaqués par tout le régiment de Siracuse, et que le Principino viendroit ensuite avec sa mère, et plusieurs dames de Messine. Je fis retirer ma troupe, mais je fus curieux de rester, et je m'établis sur le sommet d'un chêne touffu, qui étoit à l'extrémité du jardin; cependant j'avois eu la précaution, de faire un trou dans la muraille du jardin, pour faciliter mon évasion.

Enfin je vis arriver le régiment, qui campa devant la porte du château, après avoir placé des postes tout autour. Puis arriva une file de litières, dans lesquelles étoient les dames, et dans la dernière étoit le Principino lui même, couché sur une pile de coussins. Il descendit avec peine, soutenu par deux écuyers, se fit précéder par une compagnie de soldats, et lorsqu'il sut, que personne de nous n'étoit resté dans le château, il y entra avec les dames, et quelques gentilhommes de sa suite.

Il y avoit au pied de mon arbre, une source d'eau fraiche, une table de marbre et des bancs. C'étoit la partie du jardin la plus ornée. Je supposai, que la societé ne tarderoit pas à s'y rendre, et je me resolus l'attendre, pour la voir de plus près. Effectivement au bout d'une demie heure, je vis venir une jeune personne, à peu près de mon âge. Les anges n'ont pas plus de beauté, et l'impression, qu'elle fit sur moi, fut si forte et si subite, que je serois peut-être tombé du haut de mon arbre, si je n'y eusse été attaché par ma ceinture, ce que je faisois quelque fois, pour me réposer avec plus de sûreté.

La jeune personne avoit les yeux baissés, et l'air de la mélancolie la plus profonde. Elle s'assit sur un banc, s'appuya sur la table de marbre et versa beaucoup de larmes. Sans trop savoir ce que je faisois, je me laissai couler en bas de mon arbre, et me plaçai de manière, à ce que je pouvois la voir, sans être moi même apperçu. Alors je vis le Principino, qui s'avançoit, tenant un bouquet à la main. Il y avoit près de trois ans, que je ne l'avois vu. Il s'étoit formé. Sa figure étoit belle, pourtant assez fade.

Lorsque la jeune personne le vit, sa physionomie exprima le mepris d'une manière, dont je lui sus bon gré. Cependant le Principiono l'aborda, d'un air content de lui même, et lui dit: „Ma chère promise, voici un bouquet, que je vous „donnerai, si vous me promettez, de ne jamais plus me „parler de ce petit gueux de Zoto.

La demoiselle repondit: „Monsieur le Prince, il me „semble que vous avez tort, de mettre des conditions à vos „faveurs, et puis, quand je ne vous parlerois pas du char„mant Zoto, toute la maison vous en entretiendroit. Votre „nourrice elle même, ne vous a-t-elle pas dit, qu'elle n'avoit „jamais vu un aussi joli garçon, et pourtant vous étiez là.

Le Principino fort piqué répliqua: „Mademoiselle Sylvia, souvenez-vous que vous ètes ma promise. Sylvia ne repondit point, et fondit en larmes.

Alors le Principino furieux lui dit: „Méprisable créa„ture, puisque tu es amoureuse d'un bandit, voila ce que „tu mérite. — En même tems il lui donna un soufflet.

Alors la Demoiselle s'écria: „Zoto, que n'es-tu ici pour „punir ce lâche. — Elle n'avoit pas achevé ces mots, que je parus et je dis au Prince: „Tu dois me reconnoitre. Je „suis bandit et je pourrois t'assassiner. Mais je respecte „Mademoiselle, qui à daigné m'appeller à son secours, et „je veux bien me battre à la manière de vous autres No„bles — J'avois sur moi deux poignards, et quatre pisto„lets. J'en fis deux parts, je les mis à dix pas l'une de „l'autre, et je laissai le choix au Principino. Mais le mal„heureux étoit tombé évanouï sur un banc.

Sylvia prit alors la parole, et me dit: „Brave Zoto, „je suis noble et pauvre. Je devois demain épouser le Prince, „ou bien être mise au Couvent. Je ne ferai ni l'un ni l'au- „tre. Je veux être à toi pour la vie — Et elle se jetta dans mes bras.

Vous pensez bien, que je ne me fis pas prier. Cependant il falloit empêcher le Prince, de troubler notre retraite. Je pris un poignard, et me servant d'une pierre en guise de marteau, je lui clouai la main contre le banc, sur lequel il étoit assis. Il poussa un cri et retomba évanouï. — Nous sortîmes par le trou, que j'avois fait dans le mur du jardin et nous regagnâmes le sommet des monts.

Mes camarades avoient tous des maitresses, ils furent charmés que j'en eusse fait une, et leurs belles jurèrent d'obéir en tout à la mienne.

J'avois passé quatre mois avec Sylvia, lorsque je fus obligé de la quitter, pour reconnoitre les changements que la dernière éruption avoit fait dans le nord. Je trouvai dans ce voyage à la nature des charmes, qu'auparavant je n'avois pas apperçus. Je remarquai des gazons, des grottes, des ombrages, en des lieux où je n'aurois auparavant vu, que des embuscades ou des postes de défence. Enfin Sylvia avoit attendri mon coeur de brigand. Mais il ne tarda pas à reprendre toute sa férocité.

Je reviens à mon voyage au nord de la montagne. Je m'exprime ainsi parce que les Siciliens, lorsqu'ils parlent de l'Etna, disent toujours „Il monté — ou le mont par excellence. Je dirigeai d'abord ma marche sur ce que nous appellons la tour du Philosophe; mais je ne pus y parvenir. Un gouffre, qui s'étoit ouvert sur les flancs du volcan, avoit vomi un torrent de lave, qui, se divisant un peu au-dessus de la tour, et se rejoignant un mille au-dessous, y formoit une isle tout-à-fait inabordable.

Je sentis tout-de-suite l'importance de cette position, et de plus nous avions dans la tour même, un dépot de châtaignes, que je ne voulois pas perdre. A force de chercher, je retrouvai un conduit souterain, où j'avois passé d'autre fois, et qui me conduisit jusqu'au pied, ou plutôt dans la tour elle même. Aussitôt je resolus, de placer dans cette isle tout notre peuple femelle. J'y fis construire des huttes de feuillage. J'en ornai une autant que je le pus. Puis je retournai au Sud, d'où je ramenai toute la colonie, qui fut enchantée de son nouvel asyle.

A présent, lorsque je reporte ma mémoire au tems que j'ai passé dans cet heureux séjour, je l'y retrouve comme isolé, au milieu des cruelles agitations, qui ont assailli ma vie. Nous étions séparés des hommes, par des torrents de flammes. Celles de l'amour embrasoient nos sens. Tout y obéissoit à mes ordres et tout étoit soumis à ma chère Sylvia. Enfin pour mettre le comble à mon bonheur, mes deux frères me vinrent trouver. Tous les deux avoient eu des avantures intéressantes, et j'ose vous assurer, que si quelque jour vous voulez en entendre le recit, il vous donnera plus de satisfaction que celui que je vous fais.

Il est peu d'hommes, qui ne puissent compter de beaux jours; mais je ne sais, s'il y en a, qui peuvent compter de belles années. Mon bonheur à moi, ne dura pas un an en-

tier. Les braves de la troupe étoient très honnêtes entre eux. Nul n'auroit osé jetter les yeux sur la maîtresse de son camarade, et moins encore sur la mienne. La jalousie étoit donc bannie de notre isle, ou plutôt elle n'en n'étoit qu'exilée pour un tems, car cette furie ne retrouve que trop aisement le chemin des lieux qu'habite l'amour.

Un jeune bandit appellé Antonino, devint amoureux de Sylvia, et sa passion étant très-forte, il ne pouvoit la cacher. Je l'appercevois moi même, mais le voyant fort triste, je jugeai que ma maitresse n'y répondoit pas et j'étois tranquille. Seulement j'aurois voulu guérir Antonino, que j'aimois à cause de sa valeur. Il y avoit dans la troupe un autre bandit appellé Moro, que je detestois au contraire à cause de sa lacheté, et si Testalunga m'en avoit cru, il l'auroit dès long-tems chassé.

Moro sut gagner la confiance du jeune Antonino, et lui promit de servir son amour. Il sut aussi se faire écouter de Sylvia, et lui fit accroire que j'avois une maitresse dans un village voisin. Sylvia craignit de s'expliquer avec moi. Elle eut un air contraint que j'attribuai à un changement dans le sentiment qu'elle me portoit. En même tems Antonino, instruit par Moro, redoubla d'assiduités auprès de Sylvia, et il prit un air de satisfaction, qui me fit supposer qu'elle le rendoit heureux.

Je n'étois pas exercé à démeler des trâmes de ce genre. Je poignardai Sylvia et Antonino. Celui-ci qui ne mourut pas sur le champ, me dévoila la trahison de Moro. J'allai chercher le scelerat, mon poignard sanglant à la main. Il en fut effrayé, tomba à genoux et m'avoua, le Prince de Roccafiorita l'avoit payé, pour me faire perir ainsi que Sylvia, et qu'enfin il ne s'étoit joint à notre troupe que dans l'intention d'accomplir ce dessein. Je le poignardai. Puis j'allai à Messine, et m'étant introduit chez le Prince à la faveur d'un déguisement, je l'envoyai dans l'autre monde, joindre son confident et mes deux autres victîmes. Telle fut la fin de mon bonheur, et même de ma gloire. Mon courage, tourna en une entière indifference pour la vie, et comme j'avois la même indifference pour la sûreté de mes camarades, je perdis bientôt leur confiance. Enfin je puis vous assurer que depuis lors, je suis devenu un brigant des plus ordinaires.

Peu de tems après Testalunga mourut d'une pleuresie, et toute sa troupe se dispersa. Mes frères qui connoissoient bien l'Espagne, me persuadèrent d'y aller. Je me mis à la tête de douze hommes. J'allai dans la baye de Taormine, et m'y tins caché pendant trois jours. Le quatrième nous nous emparâmes d'un senaut sur lequel nous arrivâmes aux côtes d'Andalousie.

Quoiqu'il y ait en Espagne plusieurs chaines de montagnes, qui pouvoient nous offrir des retraites avantageuses, je donnai la préference à la Sierra Morena, et je n'eut point lieu de m'en répentir. J'en-levai deux convoys de piastres, et je fis d'autres coups importants.

Enfin mes succès donnèrent de l'ombrage à la cour. Le Gouverneur de Cadix eut ordre de nous avoir morts ou vifs, et fit marcher plusieurs régiments. D'un autre côté, le grand Scheik des Gomélez me proposa d'entrer à son service, et m'offrit une retraite dans cette caverne. J'acceptai sans balancer.

L'audience de Grenade ne voulut point en avoir le démenti. Voyant qu'on ne pouvoit nous trouver, elle fit saisir deux pâtres de la vallée et les fit pendre sous le nom des deux frères de Zoto. Je connoissois ces deux hommes, et je sais qu'ils ont commis plusieurs meurtres. On dit pourtant qu'ils sont irrités, d'avoir été pendus à notre place, et que la nuit ils se détachent du gibet, pour commettre mille désordre. Je n'en n'ai pas été temoin et je ne sais que vous en dire. Cependant il est veritable qu'il m'est arrivé plusieurs fois, de passer près du gibet pendant la nuit et lorsqu'il y avoit clair de lune, j'ai bien vu que les deux pendus n'y étoient point, et le matin ils y étoient de nouveaux.

Voila mes chers maitres le récit que vous m'avez demandé. Je crois que mes deux fréres, dont la vie n'a pas été aussi sauvage, auroient eu des choses plus interessantes à vous dire, mais ils n'en n'auront pas le tems, car notre embarquement est prèt et j'ai des ordres positifs pour qu'il ait lieu demain matin.

Zoto se retira, et la belle Emina dit avec l'accent de la douleur: „Cet homme avoit bien raison, le tems du bonheur tient bien peu de place dans la vie humaine. „Nous avons passé ici trois jours que nous ne retrouverons peut-être jamais. — Le souper ne fut point gai et je me hatai de souhaiter le bon soir à mes cousines. J'esperois les revoir dans ma chambre à coucher et réussir mieux à dissiper leur mélancolie.

Elles y vinrent aussi plutôt que de coutume, et pour

comble de plaisir, elles avoient leurs ceintures dans leurs mains, cet emblême n'étoit pas difficile à comprendre; cependant Emina prit la peine de me l'expliquer. — Elle me dit: „Cher Alphonse, vous n'avez point mis de borne à vo„tre dévouement pour nous, nous ne voulons point en mettre „à notre reconnoissance. Peut-être allons nous être sépa„rés pour toujours. Ce seroit pour d'autres femmes un mo„tif d'être sévères; mais nous voulons vivre dans votre sou„venir, et si les femmes que vous verrez à Madrid l'em„portent sur nous, pour les charmes de l'ésprit et de la „figure, elles n'auront du moins pas l'avantage de vous pa„roitre plus tendres ou plus passionnées. Cependant mon „Alphonse, il faut encore que vous nous rénouvelliez le ser„ment que vous avez déjà fait de ne point nous trahir, et „jurez encore de ne pas croire le mal, que l'on vous dira „de nous. — Je ne pus m'empêcher de rire un peu de la dernière clause, mais je promis ce qu'on voulut, et j'en fus récompensé par les plus douces caresses. Puis Emina me dit encore: „Mon cher Alphonse, cette relique qui est à votre „cou nous gène. Ne pouvez vous la quitter un instant? „Je refusai, mais Zibeddé avoit des ciseaux à la main, „elle les passa derrière mon cou, et coupa le ruban. Emina „se saisit de la relique, et la jetta dans une fente du ro„cher. Vous la reprendrez demain (me dit-elle) en atten„dant mettez à votre cou cette tresse tissue de mes che„veux et de ceux de ma soeur, et le talisman qui y est „attaché, préserve aussi de l'inconstance, du moins si quelque „chose peut en préserver les amants. — Puis Emina tira une épingle d'or qui retenoit sa chevelure et s'en servit pour fermer exactement les rideaux de mon lit.

Je ferai comme elle, et je jetterai un rideau sur le reste de cette scène. Il suffira de savoir que mes charmantes amies devinrent mes épouses. Il est sans doute des cas où la violence ne peut sans crime répandre le sang innocent. Mais il en est d'autres, où tant de cruauté sert l'innocence en la faisant paroître dans tout son jour. Ce fut aussi ce qui nous arriva, et j'en conclus que mes cousines n'avoient pas eu une part bien réelle à mes songes de la Venta-Quemada.

Cependant nos sens se calmèrent, et nous étions assez tranquilles, lorsqu'une cloche fatale vint à sonner minuit. Je ne pus me défendre d'un certain saisissement et je dis à mes cousines que je craignois que nous ne fussions menacés de quelque evènement sinistre: „Je le crains comme „vous (dit Emina), et le danger en est prochain, mais „écoutez bien ce que je vous dis: ne croyez pas le mal „qu'on vous dira de nous. N'en croyez pas même à vos „yeux.“

En cet instant les ridaux de mon lit s'ouvrirent avec fracas, et je vis un homme d'une taille majestueuse, habillé à la Moresque. Il tenoit l'Alcoran d'une main et un sabre dans l'autre. Mes cousines se jettèrent à ses pieds et lui dirent: „Puissant Scheik des Gomelez, pardonnez nous — Le Scheik répondit d'une voix terrible: „Adonde estan las „fahhas (où sont vos ceintures?)

Puis se tournant vers moi, il me dit: „Malheureux „Nazaréen, tu as déshonoré le sang des Gomelez. Il faut „te faire Mahométan ou mourir.

J'entendis un affreux hurlement, et j'apperçus le démoniaque Pascheco, qui me faisoit des signes dans le fond de la chambre; mes cousines l'apperçurent aussi, elles se levèrent avec fureur, saisirent Pascheco, et l'entraînèrent hors de la chambre.

„Malheureux Nazaréen (reprit encore le Scheïk des Gomelez) „àvale d'un trait le breuvage contenu dans cette „coupe, ou tu periras d'une mort honteuse et ton corps sus- „pendu entre ceux des frères de Zoto y sera la proie des vau- „tours, et le jouet des esprits de tenèbres, qui s'en serviront „dans leurs infernales métamorphoses. — Il me parut qu'en pareille occasion l'honneur me commandoit le suicide. Je m'écriai avec douleur: „Oh mon père, à ma place vous „eussiez fait comme moi. — Puis je pris la coupe et la vidai d'un trait. Je sentis un malaise affreux et tombai sans connoissance.

HUITIEME JOURNÉE.

Puisque j'ai l'honneur de vous raconter mon histoire, vous jugez bien que je ne suis point mort du poison que j'avois cru prendre. Je tombai seulement en défaillance et j'ignore combien de tems j'y suis resté. Tout ce que j'en sais, c'est que je me suis réveillé sous le gibet de los Hermanos, et pour cette fois je me reveillai avec une sorte de plaisir, car au moins j'avois la satisfaction de voir que je n'étois point mort. Je ne me reveillai pas non plus entre les deux pendus, jétois à leur gauche et je vis à leur droite un autre homme, que je pris aussi pour un pendu, parce qu'il paroissoit sans vie et qu'il avoit une corde au cou.

Cependant je reconnus qu'il dormoit et je le reveillai. L'inconnu voyant où il étoit, se mit à rire et dit: „Il faut con-„venir que dans l'étude de la cabale, on est sujet à de fa-„cheuses méprises. Les mauvais génies savent prendre tant „de formes que l'on ne sait à qui l'on a à faire. — Mais (ajouta-t-il), „pourquoi ai-je une corde au cou? je cro-„yois y avoir une tresse de cheveux. — Puis il m'apperçut et me dit: „Ah vous, vous êtes bien jeune pour un cabalis-„te. Mais vous avez aussi une corde au cou." — Effectivement j'en avois une. Je me rappellai qu'Emina avoit passée à mon cou une tresse tissue de ses cheveux et de ceux de sa soeur, et je ne savois qu'en penser.

Le cabaliste me fixa quelques instants, et puis il me dit: „Non, vous n'êtes pas des nôtres, vous vous appellez „Alphonse, votre mère étoit une Gomelez; vous êtes Capitaine aux gardes-Vallones, brave, mais encore un peu sim-„ple. N'importe, il faut sortir d'ici, et puis nous verrons „ce qu'il y aura à faire.

La porte du gibet se trouvoit ouverte. Nous en sortîmes, et je revis encore la vallée maudite de Los-Hermanos. Le cabaliste me demanda où je voulois aller? Je lui répondis que j'étois décidé à suivre le chemin de Madrid. „Bon, (me dit-il) je vais aussi de ce côté là, mais com-„mençons d'abord p arprendre quelque nourriture. — Il tira de sa poche, une tasse de vermeil, un pot rempli d'une sorte d'opiat, et un flacon de cristal, qui contenoit une liqueur jaunâtre. Il mit dans la tasse une cuillerée d'opiat, versa dedans quelques gouttes de liqueur et me dit d'avaler le tout. Je ne me la fis point répéter, car le besoin me faisoit défaillir, l'élixir étoit merveilleux. Je m'en sentis tellement restauré, que je n'hésitai point à me mettre en marche à pied, ce qui sans cela m'en parut difficile.

Le soleil étoit déjà assez haut, lorsque nous apperçumes la malencontreuse Venta-Quémada. Le cabaliste s'arrêta et dit: „Voici un cabaret, où l'on m'a joué cette nuit un „tour bien cruel. Il faut pourtant que nous y entrions. „J'y ai laissé de certaines provisions qui nous ferons du „bien."

Nous entrâmes en effet dans la desastreuse Venta, et nous trouvâmes dans la salle à manger, une table couverte et garnie d'un paté de perdrix, et de deux bouteilles de vin. Le cabaliste paroissoit avoir bon appetit, et son exemple m'encouragea, sans cela je ne sais si j'aurois pu prendre sur moi de manger, car tout ce que j'avois vu depuis quelques jours, bouleversoit tellement mes esprits, que je ne savois plus ce que je faisois, et si quelqu'un l'eut entrepris, il seroit parvenu à me faire douter de ma propre existence.

Lorsque nous eumes achevé de diner, nous nous mîmes à parcourir les chambres et nous arrivâmes à celle où j'avois couché, le jour de mon départ d'Anduhar. Je reconnus mon malheureux grabat et m'y étant assis, je me mis à reflèchir sur tout ce qui m'étoit arrivé, et surtout aux evenements de la caverne. Je me rappellai qu'Emina m'avoit averti de ne pas croire le mal qu'on me diroit d'elle. — J'étois occupé de ces reflexions, lorsque le cabaliste, me fit remarquer quelque chose de brillant entre les ais mal joints du plancher. J'y regardai de plus près, et je vis que c'étoit la rélique que les deux soeurs avoient ôtée de mon cou. J'avois vu qu'elles l'avoient jettée dans une fente du rocher de la caverne, et je la retrouvois dans une fente du plancher. Je me mis à imaginer que je n'étois réellement pas sorti de ce malheureux cabaret, et que l'hermite l'inquisiteur, et les frères de Zoto, étoient autant de fantômes produits par des fascinations magiques. Cependant à l'aide de mon épée je retirai la rélique, et je la remis à mon cou.

Le cabaliste se prit à rire et me dit: „Ceci vous appartient donc Seigneur cavalier. Si vous avez couché ici, „je ne suis point surpris que vous vous soyez réveillé sous „le gibet. N'importe il faut nous remettre en marche, nous „arriverons bien ce soir à l'hermitage.

Nous nous remîmes en route, et nous n'étions pas encore à moitié chemin, lorsque nous rencontrâmes l'hermite, qui paroissoit avoir bien de la peine à marcher. Du plus loin qu'il nous apperçut il sécria: „Ah mon jeune ami, je „vous cherchois, revenez à mon hermitage. Arrachez vo- „tre ame des griffes de Satan, mais soutenez moi. J'ai „fait pour vous de cruels efforts. — Nous nous reposâmes et puis nous continuâmes à marcher, et le vieillard put nous suivre, en s'appuyant tantôt sur l'un tantôt sur l'autre. Enfin nous arrivâmes à l'hermitage.

La première chose que j'y vis fut Pascheco, étendu dans le milieu de la chambre. Il sembloit à l'agonie, où du moins il avoit la poitrine déchirée par ce rale affreux, dernier pronostic d'une mort prochaine. Je voulus lui parler, mais il ne me reconnut pas, l'hermite prit de l'eau benite et en aspergea le démoniaque en lui disant: „Pascheco,

„Pascheco, au nom de ton rédempteur, je t'ordonne de nous „dire, ce qui t'est arrivé cette nuit. — Pascheco fremit, fit entendre un long hurlement et commença en ces termes.

Récit de Pascheco.

Mon père, vous étiez dans la chapelle, et vous y chantiez des lithanies, lorsque j'entendis frapper à cette porte et des bèlements qui ressembloient parfaitement à ceux de notre chèvre blanche. Je crus donc que c'étoit elle, et je pensai, qu'ayant oublié de la traire, la pauvre bête venoit m'en rappeller. Je le crus d'autant plus aisement, que la même chose étoit réellement arrivée quelques jours auparavant. Je sortis donc de votre cabanne, et je vis effectivement votre chèvre blanche, qui me tournoit le dos et me montroit ses pis gonflés. Je voulus la saisir pour lui rendre le service qu'elle me demandoit, mais elle s'échappa de mes mains, et toujours s'arrètant et m'échappant toujours, elle me conduisit au bord du précipice, qui est près de votre hermitage.

Lorsque nous y fumes arrivés, la chèvre blanche se changea en un bouc noir, cette metamorphose me fit grand peur, et je voulus fuir du côté de notre demeure, mais le bouc noir me coupa le chemin et puis se dressant sur ses pieds de derrière, et me regardant avec des yeux enflammés, il me causa une telle frayeur, que mes sens en furent glacés.

Alors le bouc maudit se mit à me donner des coups de cornes, en me ramenant vers le précipice. Lorsque j'y fus, il s'arrèta pour jouir de mes mortelles angoisses. Enfin il me précipita — Je me croyois en poudre, mais le bouc fut au fond du précipice avant moi, et me reçut sur son dos sans que je me fisse du mal.

De nouvelles frayeurs ne tardèrent pas à m'assaillir, car dès que ce maudit bouc, m'eut senti sur son dos, il se mit à galopper d'une étrange manière. Il ne faisoit qu'un bond d'une montagne à l'autre, franchissant les plus profondes vallées, comme si elles n'eussent été que des fossés. Enfin il se secoua, et je tombai je ne sais comment dans le fond d'une caverne; là je vis le jeune cavalier qui ces jours derniers a couché dans notre hermitage. Il étoit sur son lit et avoit auprès de lui deux filles très belles, habillées à la Moresque; ces deux jeunes personnes après lui avoir fait quelques caresses, ôterent de son cou une rélique, qui y étoit, et dès ce moment elles perdirent leur beauté à mes yeux, et je reconnus en elles les deux pendus de la vallée de Los-hermanos. Mais le jeune Cavalier les prenant toujours pour des personnes charmantes, leur prodigua lès noms les plus tendres. Alors l'un des pendus ôta la corde qu'il avoit à son cou, et la mit au cou du cavalier qui lui en témoigna sa réconnoissance par de nouvelles caresses. Enfin ils fermèrent leurs ridaux et je ne sais ce qu'ils firent alors, mais je pense que c'étoit quelque affreux péché.

Je voulois crier, mais je ne pus proferer aucun son, cela dura quelque tems, enfin une cloche sonna minuit, et bientôt après je vis entrer un démon, qui avoit des cornes de feu, et une queue enflammée, que quelques petits diables portoient derrière lui.

Ce démon tenoit un livre dans une main, et une four-

che dans l'autre. Il menaça le cavalier de le tuer, s'il n'embrassoit la réligion de Mahomet. Alors voyant le danger où se trouvoit l'âme d'un chrétien, je fis un effort, et il me semble que j'étois parvenu à me faire entendre. Mais au même instant les deux pendus sautèrent sur moi et m'entrainèrent hors de la caverne, où je trouvai le bouc noir. L'un de deux pendus se mit à cheval sur le bouc, et l'autre sur mon cou, et puis ils nous forcerent à galopper par monts et par vauds. — Le pendu que je portois sur mon cou, me pressoit les flancs à coups de talons, mais trouvant que je n'allois pas encore à son gré; tout en courant il ramassa deux scorpions, les attacha à ses pieds en manière d'éperons, et se mit à me déchirer les côtes avec la plus étrange barbarie. Enfin nous arrivâmes à la porte de l'hermitage, où il me quittèrent. Ce matin, mon père, vous m'y avez trouvé sans connoissance. Je me crûs sauvé lorsque je me vis dans vos bras, mais le venin des scorpions à pénètré dans mon sang — Il me déchire les entrailles; je n'y survivrai point. — Ici le démoniaque poussa un affreux hurlement et se tut.

Alors l'hermite prit la parole et me dit: „Mon fils, „vous l'avez entendu, se peut-il que vous ayez été en con„jonction charnelle avec deux démons? Venez, confessez „vous, avouez votre coulpe. La clémence divine est sans „bornes. Vous ne répondez pas, seriez vous tombé dans „l'endurcissement?“

Après avoir donné quelques instants à la réflexion, je répondis: „Mon père, ce gentil'homme démoniaque a vu

„d'autres choses que moi. L'un de nous a eu les yeux „fascinés, et peut-être avons nous mal vu tous les deux. „Mais voici, un gentilhomme cabaliste, qui a aussi couché „à la Venta-Quemada. S'il veùt nous conter son avan„ture, peut-être y trouverions nous de nouvelles lumières, „sur la nature des evènements, qui nous occupent depuis „quelques jours.

„Seigneur Alphonse, (répondit le cabaliste), les gens „qui comme moi s'occupent des sciences occultes; ne peuvent „pas tout dire. Je tâcherai cependant, de contenter votre „curiosité, autant que cela sera en mon pouvoir, mais ce „ne sera pas ce soir, s'il vous plait, soupons et allons nous „coucher, demain nos sens seront plus rassis.

L'Anachorète nous servit un souper frugal, après lequel chacun ne songea plus qu'à se coucher. Le cabaliste pretendit avoir des raisons, pour passer la nuit auprès du démoniaque, et je fus comme l'autre fois renvoyé à la chapelle. Mon lit de mousse y étoit encore. Je m'y couchai. L'hermite me souhaita le bon soir, et m'avertit que pour plus de sûreté, il fermeroit la porte en s'enallant.

Lorsque je me vis seul, je songeai au récit de Pascheco. Il étoit certain que je l'avois vu dans la caverne. Il l'étoit aussi que j'avois vu mes cousines sauter sur lui et l'entrainer hors de la chambre; mais Emina m'avoit averti de ne point mal penser d'elle ou de sa soeur. Enfin les démons qui s'étoient emparé de Pascheco, pouvoient aussi troubler ses sens, et l'assaillir de toutes sortes de visions. Enfin je cherchois encore des motifs pour justifier et aimer mes cousines, lorsque j'entendis sonner minuit. . . Bientôt après j'entendis frapper à la porte, et comme les belèments d'une chêvre. Je pris mon épée, j'allai à la porte et je dis d'une voix forte: „Si tu es le diable, tâche d'ouvrir cette porte, „car l'hermite l'a fermée — la chêvre se tut. . . . J'allai me coucher et dormis jusqu'au lendemain.

NEUVIEME JOURNÉE.

L'hermite vint m'éveiller, s'assit sur mon lit, et me dit: „Mon enfant, de nouvelles obsessions ont cette nuit „assailli mon malheureux hermitage. Les solitaires de la „Thébaïde n'ont pas été plus exposés à la malice de satan. „Je ne sais non plus que penser de l'homme qui est venu „avec toi, et qui se dit cabaliste. Il a entrepris de gué- „rir Pascheco, et lui a fait réellement beaucoup de bien, „mais il ne s'est point servi des exorcismes, préscrits par „le rituel de notre sainte église. Viens dans ma cabanne, „nous déjeunerons, et puis nous lui demanderons son his- „toire, qu'il nous a promise hier au soir.

Je me levai et suivis l'hermite. Je trouvai en effet que l'état de Pascheco étoit devénu plus supportable, et sa figure moins hideuse. Il étoit toujours borgne, mais sa langue étoit rentrée dans sa bouche. Il n'écumoit plus, et son oeil unique paroissoit moins hagard. J'en fis compliment au cabaliste, qui me répondit que ce n'étoit la qu'un trés foible échantillon de son savoir faire. Ensuite l'hermite apporta le déjeûné qui consistoit en lait bien chaud et châtaignes.

Tandis que nous déjeûnions, nous vîmes entrer un

homme sec et hâve, dont toute la figure avoit quelque chose d'effrayant, sans que l'on put dire précisément, ce que c'étoit en lui qui inspiroit ainsi l'épouvante.. L'inconnu se mit à genoux devant moi, et ôta son chapeau. Alors je vis qu'il avoit un bandeau sur le front. Il me présenta son chapeau, de l'air dont on demande l'aumône. J'y jettai une pièce d'or. L'extraordinaire mendiant me remercia, et ajouta: „Seigneur Alphonse, votre bienfait ne sera pas „perdu, je vous avertis qu'une lettre importante, vous at- „tend à Puerto-Lapiche. N'entrez pas en Castille sans „l'avoir lue." — Après m'avoir donné cet avis, l'inconnu se mit à genoux devant l'hermite, qui remplit son chapeau de châtaignes. Puis il se mit à genoux devant le cabaliste, mais se relevant aussitôt, il lui dit: „Je ne veux „rien de toi. Si tu dis ici qui je suis, tu t'en repentiras." — Puis il sortit de la cabanne.

Lorsque le mendiant fut sorti, le cabaliste se prit à rire, et nous dit: „Pour vous faire voir le peu de cas que „je fais des menaces de cet homme, je vous dirai d'abord „qu'il est; c'est le juif errant, dont peut-être vous avez „entendu parler. Depuis environs mille sept cents ans, il „ne s'est ni assis, ni couché, ni reposé, ni endormi. Tout „en marchant il mangera vos châtaignes, et d'ici à demain „matain, il aura fait soixante lieues. Pour l'ordinaire il „parcoure en tous sens, les vastes déserts de l'Afrique. Il „s'y nourrit de fruits sauvages, et les animaux féroces ne „peuvent lui faire de mal, à cause du signe sacré du Thau „imprimé sur son front, et qu'il voile avec un bandeau „comme vous l'avez vu. Il ne paroit guère dans nos con- „trées, à moins d'y être forcé par les opérations de quel-

„que cabaliste. Au reste je vous assure que ce n'est pas „moi qui l'ai fait venir, car je le déteste. Cependant je „conviens qu'il est informé de beaucoup de choses, et je ne „vous conseille point Seigneur Alphonse, de négliger l'avis „qu'il vous à donné.

„Seigneur cabaliste (lui répondis-je), le juif m'a dit „qu'il y avoit à Puerto-Lapiche une lettre pour moi. J'é- „spère y être après-demain, et je ne manquerai pas de la „demander."

„Il n'est pas nécessaire d'attendre si longtems (reprit le cabaliste), et il faudroit que j'eusse bien peu de crédit „dans le monde des génies, pour ne pas vous faire avoir cette „lettre plutôt. — Alors il se retourna du côté de son épaule droite, et prononça quelques mots d'un ton impératif. Au bout de cinq minutes, nous vîmes tomber sur la table une grosse lettre à mon adresse. Je l'ouvris et j'y lus ce qui suit:

Seigneur Alphonse!

C'est de la part de notre Roi Don Fernand quarto, que je vous fais parvenir l'ordre de ne point entrer encore en Castille. N'attribuez cette rigueur qu'au malheur que vous avez eu de mécontenter le saint tribunal, chargé de conserver la pureté de la foi dans les Espagnes. Ne diminuez point de zèle pour le service du Roi. Vous trouverez ci-joint un congé de trois mois. Passez ce tems sur les frontières de la Castille, et de l'Andalousie, sans trop vous faire voir dans aucune de ces deux provinces. L'on a eu soin de tranquilliser votre respec-

table père, et de lui faire voir cette affaire, sous un point-de vue qui ne lui fasse pas trop de peine.

Votre affectionné Don Sanche de Tor de Pennas, Ministre de la guerre.

Cette lettre étoit accompagnée d'un congé de trois mois en bonne forme, et revêtu de tous les seings et cachets accoutumés.

Nous fimes compliment au cabaliste sur la célérité de ses couriers. Puis nous le priâmes de tenir sa promesse et de nous conter, ce qui lui étoit arrivé la nuit dernière à la Venta-Quemada. Il nous répondit comme la veille, qu'il y auroit bien des choses dans son récit, que nous ne pourrions comprendre, mais après avoir refléchi un instant, il commença en ces termes.

Histoire du Cabaliste.

On m'appelle en Espagne Don Pedre de Uzeda, et c'est sous ce nom que je possède un joli château, à une lieue d'ici. Mais mon véritable nom est Rabi Sadok Ben Mamoun, et je suis juif. Cet aveu est en Espagne un peu dangereux à faire, mais outre que je m'en fie à votre probité, je vous avertis qu'il ne seroit pas très aisé de me nuire. L'influence dès astres sur ma destinée, commença à se manifester des l'instant de ma naissance, et mon père qui tira mon horoscope, fut comblé de joye, lorsqu'il vit que j'étois venu au monde, précisément à l'entrée du soleil, dans le signe de la vierge. Il avoit à la verité employé tout son art, pour que cela arriva ainsi, mais il n'avoit pas espéré autant de précision dans le succès. Je n'ai pas be-

soin de vous dire que mon père Mamon étoit le premier astrologue de son tems. Mais la science des constellations étoit une des moindres qu'il posséda, car il avoit poussé celle de la cabale jusqu'à un dégré, où nul Rabbin n'étoit parvenu avant lui.

Quatre ans après que je fus venu au monde, mon père eut une fille, qui naquit sous le signe des gémeaux. Malgré cette différence, notre éducation fut la même. Je n'avois pas encore atteint douze ans et ma soeur huit, que nous savions déjà l'Hebreu, le Chaldéen, le Syro-Chaldéen, le Samaritain, le Copte, l'Abyssin, et plusieurs autres langues mortes ou mourantes. De plus, nous pouvions sans le secours d'un crayon, combiner toutes les lettres d'un mot de toutes les manières indiquées par les règles de la Cabale.

Ce fut aussi à la fin de ma douzième année, que l'on nous boucla, tous les deux, avec beaucoup d'exactitude et pour que rien ne démentit la pruderie du signe sous lequel j'étois né, l'on ne nous donna à manger que des animaux vierges, avec l'attention de ne me faire manger que des mâles et des femelles à ma soeur.

Lorsque j'eus atteint l'âge de seize ans, mon père commença à nous initier aux mystères de la cabale Schafiroth. D'abord il mit entre nos mains le Sepher Zoohâr, ou livre lumineux appellé ainsi, parce que l'on n'y comprend rien du tout, tant la clarté qu'il répand eblouit les yeux de l'entendement. Ensuite nous étudiâmes le Siphra Dzaniutha, ou livre occulte, dont le passage le plus clair peut passer pour une énigme. Enfin nous en vinmes au Hadra Raba et Hadra Sutha, c'est-à-dire au grand et petit

Sanhedrin. Ce sont des dialogues dans lesquels Rabbi-Siméon, fils de Johaï, auteur des deux autres ouvrages, rabaissant son style à celui de la conversation, feint d'instruire ses amis des choses les plus simples, et leur révèle cependant les plus étonnants mystères, ou plutôt toutes ces révelations, nous viennent directement du prophète Elie, lequel quitta furtivement le séjour celèste, et assista â cette assemblée sous le nom supposé du Rabin Abba. Peut-être vous imaginez vous vous autres, avoir àcquis quelque idée de tous ces divins écrits, par la traduction latine que l'on a imprimée avec l'original Chaldéen en l'année 1684 dans une petite ville de l'Allemagne appellée Francfort, mais nous nous rions de la présomption de ceux qui imaginent, que pour lire il suffise de l'organe matériel de la vue. Cela pourroit suffire en effet pour de certaines langues modernes, mais dans l'Hebreu chaque lettre est un nombre, chaque mot une combinaison savante, chaque phrase une formule epouvantable, qui bien prononcée avec toutes les aspirations, les accents convenables, pourroit abimer les monts et dessécher les fleuves. Vous savez assez qu'Adunaï créa le monde par la parole, ensuite il se fit parole lui même. — La parole frappe l'air et l'esprit, elle agit sur les sens et sur l'ame. Quoique profane vous pouvez aisement en conclure qu'elle doit être le veritable intermediaire entre la matière et les intelligences de tous les ordres. Tout ce que je puis vous en dire, c'est que tous les jours, nous acquerions non seulement de nouvelles connoissances, mais un pouvoir nouveau, et si nous n'osions pas en faire usage, au moins nous avions le plaisir de sentir nos forces et d'en avoir la conviction intérieure. — Mais nos félicités cabalistiques, fu-

rent bientôt interrompues, par le plus funeste de tous les évenements. — Tous les jours nous remarquions ma soeur et moi, que notre père Mamon perdoit de ses forces. Il sembloit un esprit pur, qui auroit revêtu une forme humaine seulement pour être perceptible aux sens grossiers des êtres sublunaires. Un jour enfin, il nous fit appeller dans son cabinet. Son air étoit si vénérable et divin, que par un mouvement involontaire, nous nous mîmes tous deux à genoux — Il nous y laissa; et nous montrant une horloge de sable, il nous dit: „Avant que ce sable se soit écoulé, „je ne serai plus. — Ne perdez aucune de mes paroles. — „Mon fils, je m'adresse d'abord à vous — je vous ai des„tiné des épouses célèstes, filles de Salomon et de la Reine „de Saba. Leur naissance ne les destinoit qu'à être de „simples mortelles. Mais Salomon avoit révélé à la Reine „le grand nom de celui qui est. La reine le proféra à l'in„stant même de ses couches. Les génies du grand orient „accoururent et reçurent les deux jumelles, avant qu'elles „eussent touché le séjour impur que l'on nomme terre. — Ils „les portèrent dans la sphère des filles d'Elohim, où elles „reçurent le don de l'immortalité, avec le pouvoir de le „communiquer à celui qu'elles choisiroient pour leur époux „commun. — Ce sont ces deux épouses inéffables, que leur „père a eu en vue dans son Schir haschirim ou cantique „des cantiques. Etudiez ce divin Epithalame de neuf en „neuf versets. — Pour vous ma fille, je vous destine un „hymen encore plus beau. Les deux Thamims, ceux que „les Grecs ont connus sous le nom de Dioscures, les Phé„niciens sous celui de Kabires; en un mot, les gémeaux „célèstes. Il seront vos époux — Que dis-je — votre coeur

„sensible, je crains qu'un mortel. — Le sable s'écoule. — „Je meurs."

Après ces mots, mon père s'évanouit, et nous ne trouvâmes à la place où il avoit été, qu'un peu de cendres brillantes et legères. Je récueillis ces restes précieux. Je les renfermai dans une urne, et je les plaçai dans le tabernacle intérieur de notre maison, sous les ailes des cherubins.

Vous jugez bien que l'espoir de jouir de l'immortalité, et de posseder deux épouses celèstes, me donna une nouvelle ardeur pour les sciences cabalistiques, mais je fus des années, avant que d'oser m'élever à une telle hauteur, et je me contentai de soumettre à mes conjurations quelques génies du dix-huitième ordre. Cependant, m'enhardissant peu à peu, j'essayai l'année passée un travail sur les premiers versets du Schir ha Schirim. A peine en avoisje composé une ligne, qu'un bruit affreux se fit entendre, et mon château sembla s'écrouler sur ses fondements. Tout cela ne m'effraya point, au contraire j'en conclus que mon opération étoit bienfaite. Je passai à la seconde ligne, lorsqu'elle fut achevée, une lampe que j'avois sur ma table, sauta sur le parquet, y fit quelques bonds, et alla se placer devant un grand miroir qui étoit au fond de ma chambre. Je regardai dans le miroir, et je vis le bout de deux pieds de femme très-jolis. Puis deux autres petis pieds. J'osai me flatter que ces pieds charmants appartenoient aux célèstes filles de Salomon, mais je ne crus pas devoir pousser plus loin mes opérations.

Je les repris la nuit suivante, et je vis les quatre pe-

tits pieds jusqu'à la cheville. Puis la nuit d'après, je vis les jambes jusqu'aux genoux, mais le soleil sortit du signe de la vierge, et je fus obligé de discontinuer.

Lorsque le soleil fut entré dans le signe des gémeaux, ma soeur fit des opérations semblables aux miennes, et eut une vision, non moins extraordinaire, que je ne vous dirai point, par la raison qu'elle ne fait rien à mon histoire.

Cette année-ci, je me préparois à recommencer, lorsque j'appris qu'un fameux adepte devoit passer par Cordoue. Une discussion que j'eus à son sujet avec ma soeur, m'engagea à l'aller voir à son passage. Je partis un peu tard et n'arrivai ce jour-là qu'à la Venta Quemada. Je trouvai ce cabaret abandonné par la peur des revenants, mais comme je ne les crains pas, je m'établis dans la chambre à manger, et j'ordonnai au petit Nemraël de m'apporter à souper. Ce Nemraël est un petit génie d'une nature très abjecte, que j'emploie à des commissions pareilles, et c'est lui qui est allé chercher votre lettre à Puerto Lapiche. Il allà à Anduhar où couchoit un prieur de Bénédictins, s'empara sans façons de son souper, et me l'apporta. Il consistoit dans ce pâté de perdrix que vous avez trouvé le lendemain matin. Quantà moi j'étois fatigué et j'y touchai à peine. Je renvoyai Nemraël chez ma soeur, et j'allai me coucher.

Au milieu de la nuit, je fus réveillé par une cloche qui sonna douze coups. Après ce prélude je m'attendois à voir quelque revenant et je me préparois même à l'écarter, parce qu'en général ils sont incommodes et facheux! J'étois dans ces dispositions, lorsque je vis une forte clarté sur une ta-

ble qui étoit au milieu de la chambre, et puis il y parut un petit rabbin bleu de ciel, qui s'agitoit devant un pupitre, comme les rabbins font quand ils prient. Il n'avoit pas plus d'un pied de haut, et non seulement son habit étoit bleu, mais même son visage, sa barbe, son pupitre et son livre. Je reconnus bientôt que ce n'étoit pas là un revenant, mais un génie du vingt-septième ordre. Je ne savois pas son nom, et je ne le connoissois pas du tout. Cependant je me servis d'une formule qui a quelque pouvoir sur tous les esprits en général. Alors le petit rabbin bleu de ciel, se tourna de mon côté et me dit: „Tu a commencé tes opérations à rebours, et voila pourquoi les filles „de Salomon, se sont montrées à toi les pieds les premiers. „Commence par les derniers versets, et cherche d'abord le „nom des deux beautés célèstes.“ — Après avoir ainsi parlé le petit rabbin disparut. — Ce qu'il m'avoit dit étoit contre toutes les régles de la cabale. Cependant j'eus la foiblesse de suivre son avis. Je me mis après le dernier verset du Schir-Haschirim, et cherchant les noms des deux immortelles, je trouvai Emina et Zibeddé. J'en fus très-surpris, cependant je commençai les évoquations. Alors la terre s'agita sous mes pieds, d'une façon épouvantable, je crus voir les cieux s'écrouler sur ma tête, et je tombai sans connoissance.

Lorsque je revins à moi, je me trouvai dans un séjour tout éclatant de lumière, dans les bras de quelques jeunes gens plus beaux que des anges; l'un d'eux me dit: „Fils „d'Adam, reprends tes esprits, tu es ici dans la demeure de „ceux qui ne sont point morts. Nous sommes gouvernés

„par le Patriarche Henoch, qui a marché devant Elohim, „et qui a été enlevé de dessus la terre. Le Prophète Elie „est notre grand prêtre, et son chariot sera toujours à ton „service, quand tu voudra te promener dans quelque pla- „nète. Qant à nous, nous sommes des Egrégors, nés du „commerce des fils d'Elohim avec les filles des hommes. „Tu veras aussi parmis nous quelques Nephelims, mais en „petit nombre. Viens nous allons te présenter à notre „souverain."

Je les suivis et j'arrivai au pied du trône sur le quel siègeoit Henoch; je ne pus jamais soutenir le feu qui sortoit de ses yeux, et je n'osois élever les miens plus haut que sa barbe, qui ressembloit assez à cette lumière pâle que nous voyons autour de la lune dans les nuits humides. — Je craignis que mon oreille ne put soutenir le son de sa voix, mais sa voix étoit plus douce que celle des orgues célèstes. — Cependant il l'adoucit encore pour me dire: „Fils d'Adam l'on va t'ammener tes épouses." — Aussitôt je vis entrer le prophéte Elie, tenant les mains de deux beautés, dont les appas ne sauroient être conçus par les mortels. C'étoient des charmes si délicats que leurs ames se voyoient à travers, et l'on appercevoit distinctement le feu des passions, lorsqu'il se glissoit dans leurs veines et se méloit à leur sang. Derrière elles deux Nephelims portoient un trépied, d'un metal aussi superieur à l'or, que celui-ci est plus précieux que le plomb. On plaça mes deux mains dans celles des filles de Salomon, et l'on mit à mon cou une tresse tissue de leur cheveux. Une flamme vive et pure sortant alors du trépied, consuma en un instant tout ce que j'avois de mortel. — Nous fumes con-

duits à une couche resplendissante de gloire et embrasée d'amour. — On ouvrit une grande fenêtre qui communiquoit avec le troisième ciel, et les concerts des anges achevèrent de mettre le comble à mon ravissement. . . . . Mais vous le dirai-je, le lendemain je me réveillai sous le gîbet de Los Hermanos, et couché auprès de leurs deux infames cadavres, aussi bien que le cavalier que voila. J'en conclus que j'ai eu à faire à des esprits très malins et dont la nature ne m'est pas bien connue, je crains même beaucoup que toute cette avanture ne me nuise auprès des véritables filles de Salomon, dont je n'ai vu que le bout des pieds.

„Malheureux aveugle (dit l'Hermite), et que regrèttes- „tu? Tout n'est qu'illusion dans ton art funeste. Les mau- „dits succubes qui t'ont joué, ont fait éprouver les plus af- „freux tourments à l'infortuné Pascheco, et sans doute un „sort pareil attend ce jeune cavalier, qui, par un endurcis- „sement funeste, ne veut point nous avouer ses fautes. — „Alphonse, mon fils Alphonse, répens toi, il en est en- „core tems."

Cette obstination de l'hermite, à me demander des aveux que je ne voulois point lui faire, me déplut beaucoup, j'y répondis assez froidement en lui disant, que je respectois ses saintes exhortations, mais que je ne me conduisois que par les loix de l'honneur, ensuite on parla d'autres chose.

Le cabaliste me dit: „Seigneur Alphonse, puisque vous „êtes poursuivi par l'inquisition, et que le Roi vous ordonne „de passer trois mois dans ce désert; je vous offre mon „château, vous y verrez ma soeur Rebecca, qui est presque

„aussi belle que savante. — Oui venez, vous descendez des „Gomelez, et ce sang à droit de nous intéresser.

Je regardai l'hermite pour lire dans ses yeux, ce qu'il pensoit de cette proposition — Le cabaliste parut deviner ma pensée, et s'adressant à l'hermite, il lui dit: „Mon „père, je vous connois plus que vous ne pensez. Vous pou- „vez beaucoup par la foi. Mes voies ne sont pas aussi „saintes, mais elles ne sont pas diaboliques. — Venez aussi „chez moi avec Pascheco, dont j'acheverai la guérison.

L'hermite avant de répondre se mit en prière, puis après un instant de méditation, il vint à nous d'un air riant, et dit qu'il étoit prèt à nous suivre. — Le cabaliste se tourna du côté de son èpaule droite et ordonna qu'on lui amena des chevaux. Un instant après, on en vit deux à la porte de l'hermitage, avec deux mules, sur lesquelles se mirent l'hermite et le possedé. Bien que le château fut à une journée, à ce que nous avoit dit Ben Mamoun. Nous y fumes en moins d'une heure.

Pendant le voyage Ben Mamoun, m'avoit beaucoup parlé de sa savante soeur, et je m'attendois à voir unè Medée à la noire chevelure, une baguette à la main, et marmottant quelques mots de Grimoire, mais cette idée étoit tout-à-fait fausse. L'aimable Rebecca qui nous reçut à la porte du château, étoit la plus aimable et touchante blonde qu'il soit possible d'imaginer, ses beaux cheveux dorés tomboient sans art sur ses épaules. Une robe blanche la couvroit négligeament, mais elle étoit fermée par des agraffes d'un prix inéstimable. Son extérieur annonçoit une per-

sonne qui ne s'occupoit jamais de sa parure, mais en s'en occupant davantage, il eut été difficile de mieux réussir.

Rebecca sauta au cou de son frère, et lui dit: „Com- „bien vous m'avez inquieté, j'ai toujour eu de vos nouvelles, „hors la première nuit. Que vous étoit-il donc arrivé?“

„Je vous conterai tout cela (répondit Ben Mamoun) „pour le moment ne songez qu'à bien recevoir les hôtes que „je vous amene, celui-ci est l'hermite de la vallée, et ce „jeune homme est un Gomélez.“

Rebecca regarda l'hermite avec assez d'indifférence, mais lorsqu'elle eut jetté les yeux sur moi, elle parut rougir et dit d'un air assez triste: „j'espère pour votre bon- „heur que vous n'étes pas des nôtres.

Nous entrâmes et le pont-levis fut aussitôt fermé sur nous. Le château étoit assez vaste, et tout y paroissoit dans le plus grand ordre. Cependant nous n'y vîmes que deux domestiques, à savoir un jeune Mulâtre et une Mulate du même âge. Ben Mamoun nous conduisit d'abord à sa bibliothéque, c'étoit une petite rotonde qui servoit aussi de salle à manger. Le Mulâtre vint mettre la nappe, apporta une olla-potrida et quatre couverts, car la belle Rebecca ne se mit point à table avec nous. L'hermite mangea plus qu'à l'ordinaire et parut aussi s'humaniser davantage. Pascheco, toujours borgne, ne sembloit d'ailleurs plus se ressentir de sa possession. Seulement il étoit serieux et silencieux. Ben Mamoun mangea avec assez d'appetit, mais il avoit l'air préoccupé et nous avoua que son avanture de la veille, lui avoit donné beaucoup à penser, dès que nous fumes sorti de table, il nous dit: „Mes chers hôtes, voilà „des livres pour vous amuser, et mon nègre sera empressé „de vous servir en toutes choses, mais permettez moi de „me retirer avec ma soeur, pour un travail important. Vous ne nous reverez que demain à l'heure du diner. Ben Mamon se retira effectivement, et nous laissa pour ainsi dire les maîtres de la maison.

L'hermite prit dans la bibliothèque une legende des pères du désert, et ordonna à Pascheco de lui en lire quelques chapitres. Moi, je passai sur la terasse dont la vue se portoit vers un précipice, au fond duquel rouloit un torrent, qu'on ne voyoit pas, mais qu'on entendoit mugir. Quelque triste que parut ce paysage, ce fut avec un extrème plaisir que je me mis à le considerer, où plutôt à me livrer aux sentiments que m'inspiroit sa vue. Ce n'étoit pas de la mélancolie, c'étoit presque un anéantissement de toutes mes facultés, produit par les cruelles agitations aux quelles j'avois été livré depuis quelques jours. A force de refléchir à ce qui m'étoit arrivé et de n'y rien comprendre, je n'osois plus y pensér, crainte d'en perdre la raison. L'espoir de passer quelques jours tranquille dans le château d'Useda, étoit pour le moment ce qui me flattoit le plus. De la terasse je revins à la bibliothèque. — Puis le jeune Mulâtre nous servit une petite collation de fruits secs et de viandes froides, parmi lesquelles, il ne se trouvoit point de viandes impures. Ensuite nous nous séparâmes. L'hermite et Pascheco furent conduits dans une chambre et moi dans une autre.

Je me couchai et m'endormis — mais bientôt après je fus réveillé par la belle Rebecca, qui me dit: „Seigneur

„Alphonse, pardonnez moi d'oser interompre votre sommeil. „Je viens de chez mon frère, nous avons fait les plus „épouvantables conjurations, pour connoitre les deux esprits „auquels il a eu à faire dans la Venta, mais nous n'avons „point réussi. Nous croyons qu'il a été joué par des Baa- „lims, sur lesquels nous n'avons point de pouvoir. — Cepen- „dant le séjour d'Enoch est réellement tel qu'il l'a vu. — „Tout cela est d'une grande conséquence pour nous, et je „vous conjure de nous dire ce que vous en savez. — Après „avoir ainsi parlé, Rebecca s'assit sur mon lit, mais elle s'y assit pour s'assoir et sembloit uniquement occupée des éclaircissements qu'elle me demandoit. Cependant elle ne les obtint point, et je me contentai de lui dire, que j'avois engagé ma parole d'honneur de ne jamais en parler.

„Mais Seigneur Alphonse (reprit Rebecca), comment „pouvez-vous imaginer, qu'une parole d'honneur donnée à „deux démons, puisse vous engager? Or nous savons, que „ce sont deux démons femelles et que leurs noms sont Emi- „na et Zibeddé. Mais nous ne connoissons pas bien la „nature de ces démons, parce que dans notre science com- „me dans toutes les autres, on ne peut pas tout savoir.

Je me tins toujours sur la négative, et priai la belle de n'en plus parler. Alors elle me regarda avec une sorte de bienveillance, et me dit: „Que vous êtes heureux d'a- „voir des principes de vertu, d'après lesquels vous dirigez „toutes vos actions, et demeurez tranquille dans le chemin de votre conscience, combien notre sort est différent. Nous „avons voulus voir ce qui n'est point accordé aux yeux des „hommes, et savoir ce que leur raison ne peut comprendre.

„*Je n'étois point faite pour ces sublimes connoissances, „que m'importe un vain empire sur les démons. Je me „serois bien contentée de règner sur le côeur d'un époux. „Mon père l'a voulu, je dois subir ma destinée.* — *En disant ces mots, Rebecca tira son mouchoir, et parut cacher quelques larmes, puis elle ajouta: „Seigneur Alphonse, per- „mettez moi de revenir demain à la même heure, et de „faire encore quelques efforts pour vaincre votre obstina- „tion, ou comme vous l'appellez ce grand attachement à „votre parole. Bientôt le soleil entrera dans le signe de la „vierge, alors il ne sera plus tems et il en arrivera ce qui „pourra.“ — En me disant adieu, Rebecca serra ma main avec l'expression de l'amitié et parut retourner avec peine à ses opérations cabalistiques.*

Dixieme Journée.

Je me réveillai plus matin qu'à l'ordinaire, et j'allai sur la terasse pour y réspirer plus à mon aise, avant que le soleil eut embrasé l'atmosphère. L'air étoit calme. Le torrent lui même sembloit mugir avec moins de fureur, et laissoit entendre les concerts des oiseaux. La paix des éléments passa jusqu'à mon ame, et je pus refléchir avec quelque tranquillité, sur ce qui m'étoit arrivé depuis mon départ de Cadix. Quelque mots échappés à Don Emanuel de Sa gouverneur de cette ville, et que je ne me rappellai qu'alors, me firent juger qu'il entroit aussi dans la mysterieuse existence des Gomelez, et qu'il savoit aussi une partie de leur secret. C'étoit lui qui m'avoit donné mes deux valets, Lopez et Moschito, et je supposai que c'étoit par son or-

dre, qu'ils m'avoient quittés à l'entrée de la vallée desastreuse de Los Hermanos. Mes cousines m'avoient souvent fait entendre que l'on vouloit m'éprouver. Je pensai que l'on m'avoit donné à la venta une boisson pour m'endormir, et que pendant mon sommeil, l'on m'avoit transporté sous le gibet. Pascheco pouvoit être devenu borgne, par un tout autre accident, que par sa liaison amoureuse avec les deux pendus, et son effroyable histoire, pouvoit être un conte. L'hermite cherchant toujours à surprendre mon secret sous les formes de la confession, me paroissoit être un agent des Gomelez, qui vouloit éprouver ma discrétion. Il me parut enfin que je commençois à voir plus clair dans mon histoire, et à l'expliquer sans avoir recours aux êtres surnaturels; lorsque j'entendis au loin une musique fort gaye dont les sons sembloient tourner la montagne. Ils devinrent bientôt plus distincts, et j'apperçus une troupe joyeuse de Bohèmiens, qui s'avançoient en cadence, chantants et s'accompagnants de leurs son-ahhas et cascarras. Ils établirent leur petit camp volant près de la terasse, et me donnèrent la facilité de remarquer l'air d'élégance, répandu sur leurs habits et leur train. Je supposai que c'étoient là ces mêmes Bohèmiens voleurs, sous la protection des quels s'étoit mis l'aubergiste de la venta de Cardegnas, à ce que m'avoit dit l'hermite, mais ils me paroissoient trop galants, pour des brigands. Tandisque je les examinois, ils dressoient leurs tentes, mettoient leurs olles sur le feu, suspendoient les berceaux de leurs enfants aux branches des arbres voisins. Et lorsque tous ces aprèts furent finis, ils se livrèrent de nouveau, aux plaisirs attachés à leur vie vagabonde, dont le plus grand à leurs yeux est la fainéantise.

Le pavillon du chef étoit distingué des autres, non seulement par le baton à grosse pomme d'argent, qui étoit planté à l'entrée, mais encore parce qu'il étoit bien conditionné, et même orné d'une riche frange, ce que l'on ne voit pas communément aux tentes des Bohèmiens. Mais quelle ne fut pas ma surprise, en voyant le pavillon s'ouvrir, et mes deux cousines en sortir, dans cet élégant costume que l'on appelle en Espagne à la Hitana Mahha. Elles s'avancèrent jusqu'au pied de la terrasse, mais sans paroitre m'appercevoir. Puis elles appellèrent leurs compagnes, et se mirent à danser ce pollo, si connu sur les paroles.

Quando me Paco me azze
Las Palmas para vaylar
Me se puene el corpecito
Como hecho de marzapan, etc.

Si la tendre Emina et la gentille Zibeddé m'avoient fait tourner la tête, revêtues de leurs Simarres Moresque, elles ne me ravirent pas moins dans ce nouveau costume. Seulement je leur trouvois un air malin et moqueur qui véritablement n'alloit pas mal à des diseuses de bonne avanture, mais qui sembloit présager qu'elles songeoient à me jouer quelque nouveau tour en se présentant à moi, sous cette forme nouvelle et inattendue.

Le château du cabaliste étoit soigneusement fermé, lui seul en gardoit les clef, et je ne pouvois joindre les Bohèmiennes. Mais en passant par un souterrain qui aboutissoit au torrent et étoit fermé par une grille de fer, je pouvois les considerer de près et même leur parler sans être apperçu par les habitants du château. Je me rendis donc à cette porte secrète, où je ne me trouvai séparé des danseuses, que par le lit du torrent. Mais ce n'étoient point mes cousines. Elles me parurent même avoir un air assez commun, et conforme à leur état.

Honteux de ma méprise, je repris à pas lents le chemin de la terasse. Lorsque j'y fus je regardvi encore, et je reconnus mes cousines. Elles parurent aussi me reconnoître, firent de grands éclats de rire et se retirèrent dans leurs tentes.

J'étois indigné: „Oh ciel, (me dis-je en moi même) „seroit-il possible que ces deux êtres si aimables et si ai- „mants, ne fussent que des esprits lutins, accoutumés à se „jouer des mortels, en prenants toutes sortes de formes, des „sorcières peut-être, ou ce qu'il y auroit de plus exécra- „ble, des vampires à qui le ciel auroit permis d'animer les „corps hideux des pendus de la vallée? — Il me sembloit „bien que tout ce-ci pouvoit s'expliquer naturellement, mais „maintenant je ne sais plus qu'en croire." —

Tout en faisant ces réflexions, je rentrai dans la bibliothèque, où je trouvai sur la table un gros volume, écrit en caractères Gothiques, dont le titre étoit: „Rélations cu- „rieuses de Hapélius. — Le volume étoit ouvert, et la page paroissoit avoir été pliée à dessein, sur le commencement d'un chapitre, où je lus l'histoire suivante.

Histoire de Thibaud de la Jacquière.

Il y avoit une fois à Lyon de France, ville située sur le Rhone, un très-riche marchand, appellé Jacque de la Jaquière; c'est-à-dire pourtant qu'il ne prit le nom de la Jaquière que lorsqu'il eut quitté le commerce, et fut devenu prévôt de la cité, qui est une charge que les Lyonois ne donnent qu'à des hommes qui ont une grande fortune, et une renommée sans tâche. Tel étoit aussi le bon prévôt de la Jacquière. Charitable envers les pauvres, et bienfaisant envers les Moines et autres religieux, qui sont les véritables pauvres, selon le Seigneur.

Mais tel n'étoit point le fils unique du prevôt, Messire Thibaud de la Jacquière, Guidon des hommes d'armes du Roi. Gentil soudar et friand de la lame, grand pipeur de fillettes, rafleur de dez, casseur de vitres, briseur de lanterdnes, jureur et sacreur. Arrêtant mainte foix le bourgeois dans la rue, pour troquer son vieux manteau contre un tout neuf, et son feutre usé contre un meilleur. Si bien qu'il n'étoit bruit que de Messire Thibaud, tant à Paris, qu'à Blois, Fontaine-belleeau, et autres séjours du Roi. Or donc il advint que notre bon Sire de sainte mémoire François prémier, fut enfin marri des déportements du jeune Sousdrille, et le renvoya à Lyon; afin d'y faire pénitence, dans la maison de son père, le bon prévôt de la Jacquière, qui demeuroit pour lors au coin de la place de Bellecour, à l'entrée de la rue St. Ramond.

Le jeune Thibaud fut reçu dans la maison paternelle avec autant de joye, que s'il y fut arrivé, chargé de toutes les indulgences de Rome. Non seulement on tua pour lui le veau gras; mais le bon prévôt donna à ses amis un banquet qui couta plus d'écus d'or, qu'il ne s'y trouva de convives. On fit plus. On but à la santé du jeune Gars, et chacun lui souhaita sagesse, et resipiscence. Mais ces voeux charitables lui déplurent. Il prit sur la table une tasse d'or, là remplit de vin, et dit : „Sacre mort du grand „diable, je lui veux dans ce vin bailler mon sang et mon „ame, si jamais je deviens plus homme de bien que je ne „suis." — Ces affreuses paroles firent dresser les cheveux à la tête des convives. Ils se signèrent, et quelques uns se levèrent de table.

Messire Thibaud se leva aussi, et alla prendre l'air sur la place de belle-cour, où il trouva deux de ses anciens camarades et grivois de même étoffe. Ils les embrassa, les conduisit chez lui et leur fit apporter maint flacon, sans plus s'embarasser de son père, et de tous les convives.

Ce que Thibaud avoit fait le jour de son arrivée, il le fit le lendemain, et tous les jours d'après. Si bien que le bon prévôt en eut le coeur navré. Il songea à se recommander à son patron, Monsieur Saint Jacques, et porta devant son image un cierge de dix livres, orné de deux anneaux d'or de cinq marcs chacun; mais comme le prévôt vouloit placer le cierge sur l'autel, il le fit tomber, et renversa une lampe d'argent qui bruloit devant le saint. Le prevôt avoit fait fondre ce cierge pour une autre occasion, mais n'ayant rien de plus à coeur que la conversion de son fils, il en fit l'offrande avec joye. Cependant lorsqu'il vit le cierge tombé, et la lampe renversée, il en tira un mauvais présage et s'en retourna tristement chez lui.

En ce même jour Messire Thibaud, festoya encore ses amis. Ils sablerent maint flaccon, et puis comme la nuit étoit déjà avancée, et bien noire; il sortirent pour pren-

dre l'air, sur la place de belle-cour. Et lorsqu'ils y furent, ils se prirent tous les trois sous les bras, et se promenèrent ainsi, d'un air farau à la manière des grivois, qui s'imaginent par là attirer les regards des jeunes filles. Cependant pour cette fois, ils n'y gagnoient rien. Car il ne passoit ni fille ni femme; et l'on ne pouvoit pas non plus, les appercevoir des fenètres. Parce que la nuit étoit sombre, comme je l'ai déjà dit. Si bien donc que le jeune Thibaud, grossissant sa voix, et jurant son juron coûtumier, dit: „Sacre mort du grand diable. Je lui baille mon sang et mon ame, que si la grande diablesse sa fille venoit à passer, je la prierois d'amour tant je me sens échauffé par le vin." — Ce propos déplut aux deux amis de Thibaud qui n'étoient pas d'aussi grands pêcheurs que lui. Et l'un d'eux lui dit: „Messire notre ami; Songez „que le diable est l'éternel ennemi des hommes, et qu'il „leur fait assez de mal, sans qu'on l'y invite et que l'on „invoque son nom. — A cela Thibaud repondit „Comme je „l'ai dit je le ferai.

Sur ces entrefaites les trois ribauds virent sortir d'une rue voisine, une jeune dame voilée, d'un taille accorte, et qui annonçoit la première jeunesse. Un petit nègre couroit après elle. Il fit un faux pas, tomba sur le nez, et cassa sa lanterne. La jeune personne, parut fort effrayée, et ne savoit quel parti prendre. Alors Messire Thibaud s'approcha d'elle le plus poliment qu'il put, et lui offrit son bras pour la reconduire chez elle. La pauvre Dariolette, accepta, après quelques façons, et Messire Thibaud se retournant vers ses amis leur dit à demi-voix: „A donc „vous voyez, que celui, que j'ai invoqué, ne m'a pas fait

„attendre. Par ainsi je vous souhaite le bon soir. — Les deux amis comprirent ce qu'il vouloit, et prirent congé de lui en riant et lui souhaitant liesse et joie.

Thibaud donna donc le bras à la belle, et le petit nègre, dont la lanterne s'étoit, éteinte, marchoit devant eux. La jeune dame paroissoit d'abord si troublée, qu'elle ne se soutenoit qu'avec peine, mais elle se rassura peu à peu, et s'appuya plus franchement sur le bras du cavalier, quelquefois même elle faisoit des faux pas, et lui serroit le bras, en voulant s'empecher de choir, alors le cavalier voulant la retenir, pressoit son bras contre son coeur, ce qu'il faisoit pourtant avec beaucoup de discretion pour ne pas effaroucher le gibier.

Ainsi ils marchèrent et marchèrent si long-tems, qu'à la fin il sembloit à Thibaud, qu'ils s'étoient égarés dans les rues de Lyon. Mais il en fut bien aise, car il lui parut qu'il en auroit d'autant meilleur marché de la belle Fourvoyée. Cependant voulant d'abord savoir avec qui il avoit à faire, il la pria de vouloir bien s'assoir sur un banc de pierre, que l'on entrevoyoit auprès d'une porte. Elle y consentit et il s'assit auprès d'elle. Ensuite il prit une de ses mains d'un air galant, et lui dit avec beaucoup d'esprit: „Belle étoile errante, puisque mon étoile à fait que je vous „ai rencontré dans la nuit, faites moi la faveur de me dire „qui vous êtes et où vous demeurez. — La jeune personne parut d'abord très intimidée, se rassura peu à peu, et répondit en ces termes.

Histoire de la gente Dariolette du Chatel de Sombre.

Mon nom est Orlandine, au moins c'est ainsi que m'appelloient le peu de personnes qui habitoient avec moi le *châtel de sombre, dans les Pirenées. Là, je n'ai vu d'être humain, que ma gouvernante qui étoit sourde, une servante qui bégayoit si fort qu'on eut pu l'appeller muette, et un vieux portier qui étoit aveugle.*

Ce portier n'avoit pas beaucoup à faire, car il n'ouvroit la porte, qu'une fois par an, et cela à un Monsieur qui ne venoit chez nous, que pour me prendre par le menton, et pour parler à ma duegne en langue Biscayenne que je ne sais point. Heureusement je savois parler, lorsqu'on m'enferma au chatel de sombre, car je ne l'aurois sûrement pas appris des deux compagnes de ma prison. Pour ce qui est du portier aveugle, je ne le voyois qu'au moment où il venoit nous passer notre diner, à travers les grilles de la seule fenêtre que nous eussions. A la vérité ma sourde gouvernante, me crioit souvent aux oreilles, je ne sais qu'elles leçons de morale, mais je les entendois aussi peu, que si j'eusse été aussi sourde qu'elle, car elle me parloit des devoirs du mariage, et ne me disoit pas ce que c'étoit qu'un mariage. Elle parloit de même de beaucoup de choses qu'elle ne vouloit pas m'expliquer. Souvent aussi ma servante bégue s'efforçoit de me conter quelque histoire, qu'elle m'assuroit être fort drôle ; mais ne pouvant jamais aller jusqu'à la seconde phrase, elle étoit obligée d'y rénoncer, et s'en alloit en me begayant des excuses dont elle se tiroit aussi mal que de son histoire.

Je vous ai dit, que nous n'avions qu'une seule fenêtre, c'est-à-dire qu'il n'y en n'avoit qu'une qui donna dans la cour du chatel. Les autres avoient la vue sur une autre cour, qui étant plantée de quelques arbres, pouvoit passer pour un jardin, et n'avoit d'ailleurs aucune autre issue, que celle qui conduisoit à ma chambre. J'y cultivai quelques fleurs et ce fut mon seul amusement. — Je dis mal, j'en avois encore un, et tout aussi innocent. C'etoit un grand miroir, ou j'allois me contempler dès que j'étois levée, et même au saut du lit. Ma gouvernante deshabillée comme moi, venoit s'y mirer aussi, et je m'amusois à comparer ma figure à la sienne. Je me livrois aussi à cet amusement avant de me coucher, et lorsque ma gouvernante étoit déjà endormie. Quelquefois je m'imaginois voir dans mon miroir une compagne de mon âge, qui répondoit à mes gestes, et partageoit mes sentiments. Plus je me livrois à cette illusion et plus le jeu m'en plaisoit.

Je vous ai dit, qu'il y avoit un Monsieur qui venoit tous les ans une fois, pour me prendre par le menton et parler Basque avec ma gouvernante. Un jour ce Monsieur au lieu de me prendre par le menton, me prit par la main et me conduisit à un carosse à soupentes, où il m'enferma avec ma gouvernante. On peut bien dire enferma, car le carosse ne recevoit de jour que par en haut. Nous n'en sortîmes que le troisième jour, ou plutôt que la troisième nuit, au moins la soirée étoit elle fort avancée. Un homme ouvrit la portiere et nous dit: „Vous voici sur la place „de belle cour, à l'entrée de la rue St. Ramond, et voici „la maison du prévôt de la Jaquière, ou voulez vous qu'on „vous mene? — Entrez dans la première porte cochère „après celle du prévôt — répondit ma gouvernante.

Ici le jeune Thibaud devint fort attentif, car il étoit réellement le voisin d'un gentilhomme, nom-

mé le Sire de Sombre, qui passoit pour être d'un caractère jaloux, et le dit Sire de Sombre s'étoit maintefois vanté devant Thibaud de montrer un jour qu'on pouvoit avoir femme fidèle, et qu'il faisoit nourrir en son châtel, une dariolette qui deviendroit sa femme et prouveroit son dire; mais le jeune Thibaud ne savoit pas qu'elle fut à Lyon et se réjouit bien de l'avoir en sa main. — Cependant Orlandine continua en ces termes.

Nous entrâmes donc dans une porte cochère, et l'on me fit monter en de grandes et belles chambres, et puis delà par un escalier tournant, en une tourelle, d'où il me sembla qu'on auroit découvert toute la ville de Lyon, s'il eut fait jour, mais le jour même on n'y eut rien vu, car les fenêtres étoient bouchées avec un drap verd très fort. Au revenant la tourelle étoit éclairée par un beau lustre de cristal, monté en émail. Ma duegne m'ayant assise en un siège, me donna son chapelet pour m'amuser, et sortit enfermant la porte sur elle, à double et triple tour.

Lorsque je me vis seule, je jettai mon chapelet, je pris des ciseaux que j'avois à ma ceinture, et je fis une ouverture dans le drap verd, qui bouchoit la fenêtre. Alors je vis une autre fenêtre fort près de moi, et par cette fenêtre une chambre fort éclairée, où soupoient trois jeunes cavaliers et trois jeunes filles plus beaux plus gais que tout ce que l'on peut imaginer. Ils chantoient, buvoient, rioient s'embrassoient. Quelquefois même ils se prenoient par le menton, mais c'étoit d'un tout autre air que le Monsieur du Chatel de Sombre, qui pourtant n'y venoit que pour cela.

De plus, ces cavaliers et ces demoiselles se déshabilloient toujours un peu plus, comme je faisois le soir devant mon grand miroir, et en vérité cela leur alloit aussi bien, et non pas comme à ma vieille duègne.

Ici Messire Thibaud vit bien qu'il s'agissoit d'un souper, qu'il avoit fait la veille avec ses deux amis. Il passa son bras autour de la taille souple et ronde d'Orlandine et la serra contre son coeur.

„Oui (lui dit elle), voila justement comme fai- „soient ces jeunes cavaliers. En vérité il me sem- „bloit qu'ils s'aimoient tous beaucoup. Cependant „ne voila-t-il pas qu'un de ces jeunes gars dit, „qu'il aimoit mieux que les autres. Non, c'est moi, „c'est moi dirent les deux autres. — C'est lui — „C'est l'autre (dirent les jeunes filles). Alors celui „qui s'étoit vanté d'aimer le mieux, s'avisa pour „prouver son dire d'une singulière invention.

Ici Thibaud qui se rappella ce qui s'etoit passé au souper, faillit à étouffer de rire. „Eh bien (dit-il) „belle Orlandine quelle étoit cette invention dont „s'avisa le jeune homme."

Ah (reprit Orlandine) ne riez pas Monsieur, je vous assure que c'étoit une très belle invention et j'y étoit fort attentive lorsque j'entendis ouvrir la porte. Je me remis aussitôt à mon chapelet et ma duegne entra.

La Duègne me prit encore par la main, sans me rien dire, et me fit entrer dans un carosse, qui n'étoit pas fermé comme le premier, et j'aurois bien pu voir la ville dans celui là, mais il étoit nuit close, et je vis seulement que nous allions bien loin, bien loin, si bien que nous arrivâmes enfin dans la campagne tout au bout de la ville. Nous nous arretâmes dans la dernière maison du faubourg. Ce n'étoit qu'une cabane pour l'apparence, et même elle est couverte de chaume, mais bien jolie au dedans, comme vous le verrez, si le petit nègre en sait le chemin, car je vois qu'il à trouvé de la lumière et ralume sa lanterne.

Orlandine termina ici son histoire. Messire Thibaud baisa sa main et lui dit: „Belle fourvoyée, faites moi la „faveur de me dire si vous habitez toute seule cette jolie „maison."

„Toute seule (reprit la belle) avec ce petit nègre et ma „gouvernante. Mais je ne pense pas qu'elle puisse revenir „ce soir au logis. Le Monsieur qui me prenoit par le „menton, m'a fait dire de venir le trouver chez une de „ses soeurs avec ma gouvernante, mais qu'il ne pouvoit „envoyer son carosse, qui étoit allé chercher un prêtre. „Nous y allions donc à pied. Quelqu'un nous a arreté, „pour me dire qu'il me trouvoit jolie. Ma duègne qui est „sourde, a cru qu'il me disoit des injures et lui en a ré„pondu. D'autres gens sont survenus et se sont melés de „la querelle. J'ai eu peur, et je me suis mise à courir. „Le petit nègre à couru après moi. Il est tombé, sa lan„terne s'est brisée; et c'est alors, beau Sire, que pour mon „bonheur je vous ai rencontré.

Messire Thibaud charmé de la naïveté de ce récit alloit repondre quelque galanterie. Lorsque le petit nègre rapporta sa lanterne allumée, dont la lumière venant à don-

ner sur le visage de Thibaud. Orlandine s'écria: „Que „voi-je! c'est le même cavalier qui s'avisa de la belle invention.

„C'est moi même (dit Thibaud) et je vous assure que ce „que j'ai fait alors, n'est rien auprès de ce que pourroit „attendre de moi une accorte et honnète Demoiselle. Car „celles avec qui j'étois, n'étoient rien moins que cela."

„Vous aviez bien l'air de les aimer, toutes les trois" (dit Orlandine).

„C'est que je n'en aimois aucune" (dit Thibaud).

Si bien dit-il; si bien dit-elle, que tout en marchant et devisant, ils arrivérent au bout du faubourg, à une chaumière isolée, dont le petit nègre ouvrit la porte, avec une clef qu'il avoit à sa ceinture. — Certes l'intérieur de la maison n'étoit pas d'une chaumière. On y voyoit belles tentures de Flandres à personages, bien ouvrés et pourtraits qu'ils sembloient vivants. Des lustres à bras en argent fin et massif. De riches cabinets en yvoir et ebène. Des fauteuils en velours de Genes, garnis de franges d'or, et un lit en moire de Venise. Mais tout cela n'occupoit guère Messire Thibaud. Il ne voyoit qu'Orlandine, et eût bien voulu en être à la fin de l'avanture.

Sur ce, le petit nègre vint couvrir la table, et Thibaud s'apperçut que ce n'étoit pas un enfant, comme il l'avoit cru d'abord, mais comme un vieux nain tout noir, et d'une figure affreuse. Cependant le petit homme apporta quelque chose qui n'étoit point laid. C'étoit un bassin de vermeil dans lequel fumoient quatre perdrix, appetissantes et bien apretées, et sous le bras il avoit un flacon d'Hypocras. Thibaüd n'eut pas plutôt bu et mangé, qu'il lui sembla qu'un feu liquide circuloit dans ses veines. Pour Orlandine, elle mangeoit peu et regardoit beaucoup son convive, tantôt d'un regard tendre et naïf, et tantôt avec des yeux si pleins de malice que le jeune homme en étoit presque embarassé.

Enfin le petit nègre vint ôter la table. Alors Orlandine prit Thibaud par la main, et lui dit: „Beau cavalier, „à quoi voulez vous que nous passions cette soirée? — Thibaud ne sut que répondre.

„Il me vient une idée (dit encore Orlandine). Voici „un grand miroir. Allons y faire des mines, comme j'en „faisois au chatel de sombre. Je m'y amusois à voir que „ma gouvernaute étoit faite autrement que moi. A présent „je veux savoir si je ne suis pas autrement faite que vous. — Orlandine plaça leurs chaises devant le miroir, après quoi elle délaça la fraise de Thibaud, et lui dit: „Vous „avez le col, fait à-peu-près comme le mien. Les épaules „aussi, mais pour la poitrine quelle différence. La mienne „étoit comme cela l'année passée, mais j'ai tant engraissé „que je ne me reconnois plus. — Otez donc votre ceinture „— défaites votre pourpoint. — Pourquoi toutes ces ai„guillettes? . . . . Thibaud ne se possédant plus, porta Orlandine sur le lit de moire de Venise et se crut le plus heureux des hommes . . . . .

Mais bientôt il changea de pensée, car il sentit comme des griffes qui s'enfonçoient dans son dos: „Orlandine, Orlandine (s'écria-t-il) que veut dire ceci?

Orlandine n'étoit plus, Thibaud ne vit à sa
place qu'un horrible assemblage de formes incon
et hideuses. " Je ne suis point Orlandine (dit
monstre d'une voix epouvantable) je suis Belze

Thibaud voulut invoquer le nom de Jesus
mais Satan qui le devina lui saisit la gorge ave
les dents, et l'empecha de prononcer ce sain
nom.

Le lendemain matin des paysans qui
alloient vendre leurs légumes au marché
de Lyon, entendirent des gemissements dan
une masure abandonnée, qui etoit pres du che
et servoit de voyrie. Ils y allerent et trouver
Thibaud, couché sur une charogne à demi pou
Ils le prirent et le placerent en travers
sur leurs paniers, et ils le porterent ainsi
chez le prevost de Lyon --- Le malhe
le Jacquiere reconnut son fils.

Le jeune homme fut mis dans un li
Bientot il parut reprendre un peu ses sens
et d'une voix foible et presque inintelligi
il dit " ouvrez à ce saint hermite, ouv
" à ce saint hermite —— d'abord on ne
le comprit pas. Enfin on ouvrit la porte

et l'on vit entrer un vénérable religieux
ui demanda qu'on le laissa seul avec Thibaud
l fut obéi et l'on ferma la porte sur eux.
ongtems on entendit les exhortations de l'hermite
ux quelles Thibaud répondoit d'une voix forte
Oui mon pere je me repens et j'espere en
la misericorde divine — Enfin comme l'on
'entendoit plus rien l'on crut devoir entrer
l'hermite avoit disparu, et Thibaud fut
ouvé mort avec un crucifix entre les mains.

Je n'eus pas plutot achevé cette histoire
e le Cabaliste entra, et sembla vouloir lire
s mes yeux, l'impression que m'avoit fait
te lecture. La vérité est qu'elle m'en
it fait beaucoup, mais je ne voulus pas le
témoigner et je me retirai chez moi.
je reflechis sur tout ce qui m'etoit arrivé, et j'en
s presque à croire que des démons avoient
ur me tromper, animé des corps de pendus
. que j'etois un second Lajaquiere. On
na pour le diner le Cabaliste ne s'y
ouva point. tout le monde me parut
éoccupé parceque je l'etois moi même

Après le diner je retournai à la Terosse. Les Bohemiens avoient placé leur camp, à quelque distance du chateau. Les inexplicables bohemienes ne parurent ~~point~~ pas. La nuit vint ~~et~~ je me retirai chez moi. J'atendis longtems Rebéca. Elle ne vint point et je m'endormis

Fin du premier décaméron

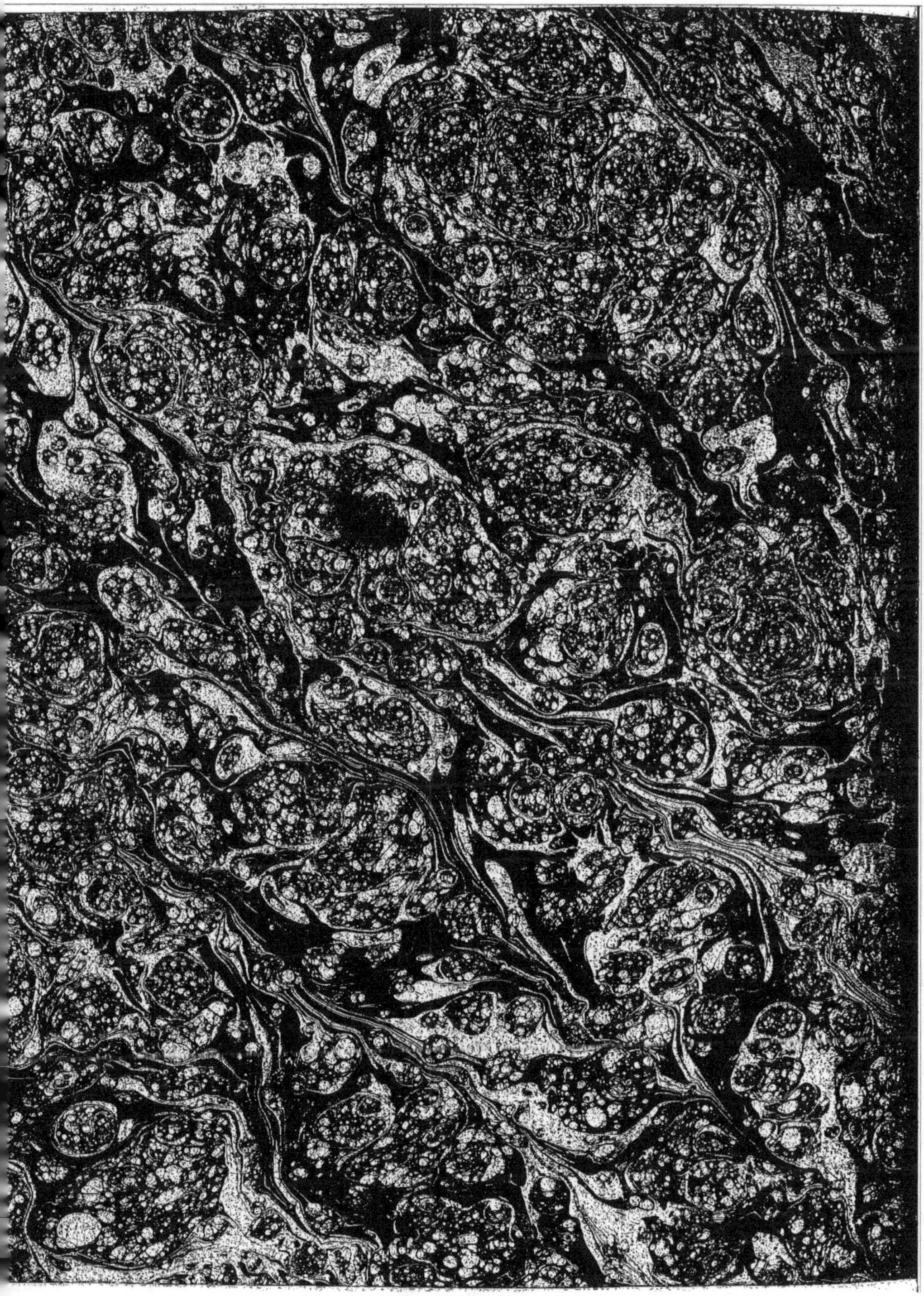

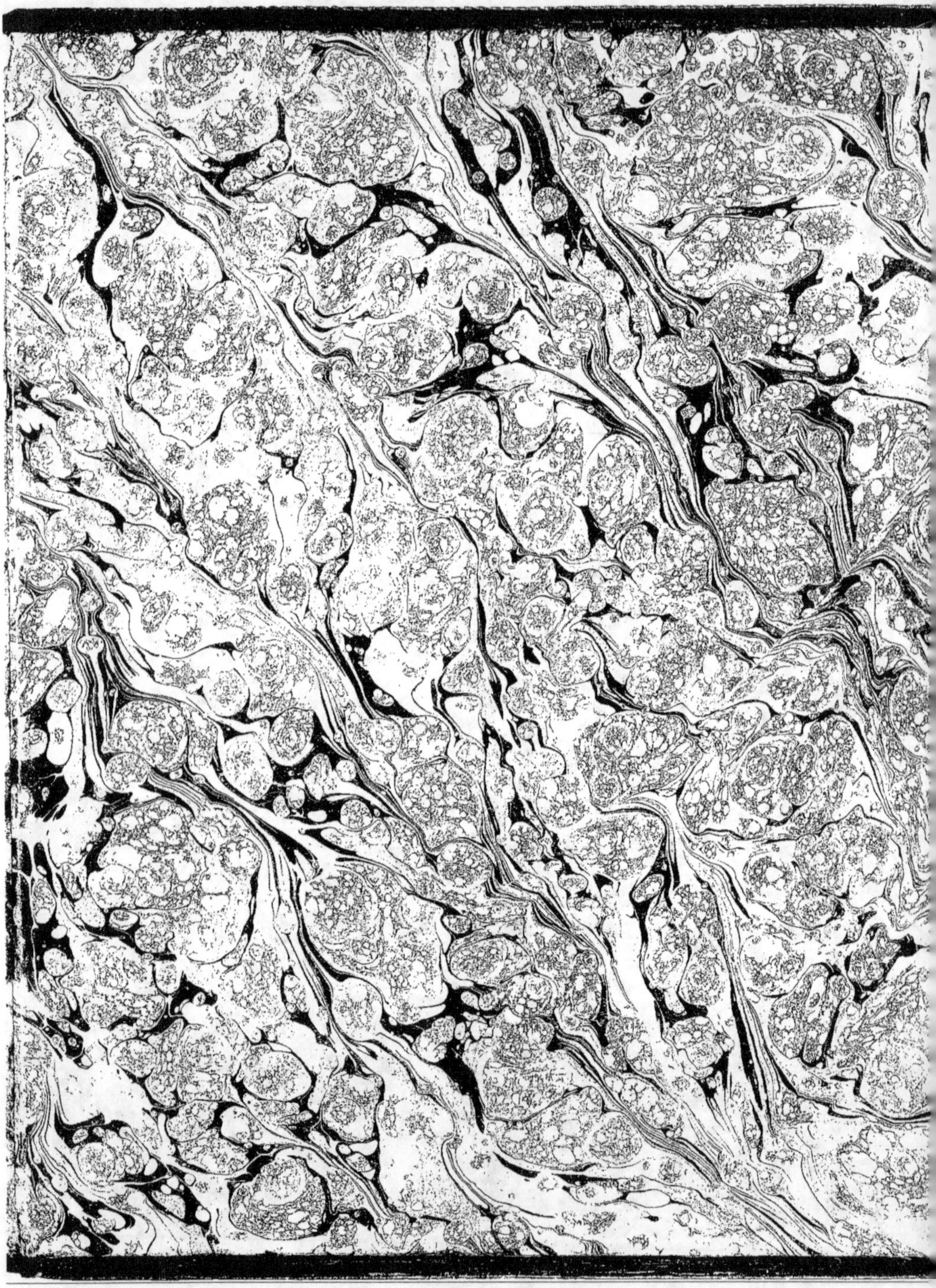

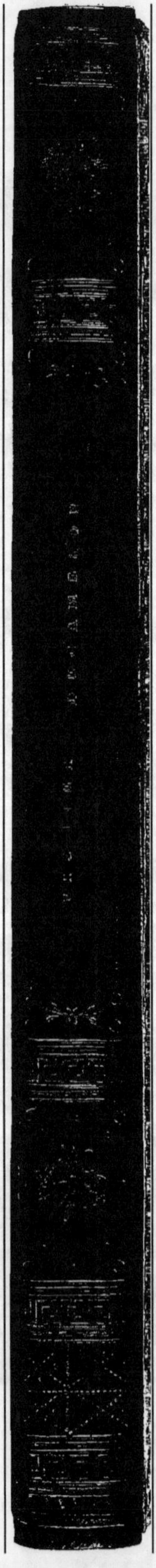

www.ingramcontent.com/pod-product-compliance
Lightning Source LLC
Chambersburg PA
CBHW070905030726
47504CB00005B/1472
* 9 7 8 2 0 1 1 3 3 7 9 7 9 *